増《ます》山《やま》雁《かり》金《がね》

「増山雁金《ますやまかりがね》」というちょっと変わった紋がある。

増山は家の名で、伊勢《いせ》長島《ながしま》藩二万石《ごく》、譜代《ふだい》の大名だった増山家のこと。江戸城では雁間詰《かりのまづめ》で、それと関係があるのかどうか判《わか》らないが、この大名の定紋《じょうもん》が増山雁金。

雁という鳥は昔から歌に詠まれたり、絵に描かれたりして、ごく馴染《なじ》み深い渡り鳥だ。雁の飛ぶ姿は様式化されて文様《もよう》となり、それが進んで家の紋にも用いられてきた。『寛政重修《かんせいちょうしゅう》諸家譜《しょかふ》』という資料には、その時代、雁の紋を使っている武家は五十家を算《かぞ》えるという。雁を素材とした紋そのものは決して少なくはない。

最初から話が傍《わき》にそれるようで恐縮だが、昔の人は雁を簡略な図で描くとき、Vの字を鈍角にした〉型を使った。〉型になって空を飛んでいる鳥は雁ばかりではないのだが、それだけ雁が愛されたということだろう〔〉型に描かれた鳥は鴨《かも》でも烏《からす》でもなく、雁に限定されていて、〉は図というより文字の方に近い。従って、紋にされた雁金の形も、古式ゆかしい〉型で描かれている。

ところで、面白いと思うのは、〉型とは別に、γ型をした雁金があることだ。紋ではこれを「結び雁金」という。紋を作るときのバリエーションの一つに「結び」という変形法があって、紐《ひも》を結んだ形で素材の姿に迫ろうとする発想だ。「結び柏《がしわ》」「結び梅」「結び桔梗《ききょう》」などがその例。形としての面白さの他に、呪《まじな》いとしての意味が含まれているらしい。結び雁金もその系列の紋かと、最近までそう思っていたのだが、最近ちょっと違うことに気付いた。というのが『一遍上人《いっぺんしょうにん》絵伝』という古い絵巻物の中に、ちゃんとγ型の雁が描かれているからだ。つまり、昔から雁は〉型とγ型とがあって、結び雁金はバリエーションではなく、γ型の雁から作られた紋らしい、ということだ。

さて、本題に戻って、増山雁金。

これは丸の中に二羽の〉型の雁金を斜めに並べた紋で、二羽の雁金は嘴《くちばし》を左に向け、左上方に向かって飛んでいる。雁金という素材は紋として決して少なくないと書いたが、作図という点から見ると、この増山雁金はかなり特殊な例だ。

人が作り出した模様の多くは左右対称をしている。見ていて美しいし、安定感がある。その模様の粋《すい》を集めたともいえる紋も、その九〇パーセント以上は左右対称だ。ただ、増山雁金が別で、この対称軸は斜めにかしいでいる。このような例はほとんどなく、わずかに月しか思い出せない。左上方を向いている三日月の紋が、矢張り対称軸を斜めにしている。

この紋を最初に描いた人は、別に奇を衒《てら》ったわけではない。雁行《がんこう》という言葉があるとおり、斜めに飛んで行く雁や斜めの三日月を写して、自然に対称軸の傾いた紋ができあがったのである。

あるとき、この増山雁金の仕事が出て、ちょっとごたついたことがあった。

出来上がった紋を見て、その着物を誂《あつら》えた客が、家《うち》の紋とは形が違う、と言い出したのだ。

「そんなことはありませんよ。僕が描いたのが正しい増山雁金です」

と、私は主張した。

「嘴が違う、とお客さんが言うんです」

と、内田屋《うちだや》さんは真新しい畳紙《たとう》を開け、躾《しつけ》の付いたままの喪服を拡《ひろ》げて見せた。

二週間ばかり前に仕上げた品物だから、まだよく覚えている。

黒羽二重《くろはぶたえ》の五つ紋の着尺地《きじやくじ》。昔からのやり方だと、まず、客が白生地《しろきじ》を見立て、それを黒《くろ》染屋《ぞめや》に廻《まわ》す。染屋では白生地の上に雁金なら雁金の形のとおりの糊《のり》を置いて黒に染める。染め上がってから紋糊《もんのり》を落とし、上絵師《うわえし》に廻す。上絵師は雁金の目や嘴といった細かい部分を描いて、全体の形を正して仕上げる。

内田屋さんが持って来た着尺地はそうした手続きが省略されていて、すでに黒く染められて紋のところが円形に染め抜かれている。これを石持《こくもち》と言う。上絵師はこの石持の中に紋を入れるのである。石持着尺は大量生産のために考えられた方法だが、欠点がある。石持の中

に摺《す》り込まれた染料は、余分な染料を洗い流す水もと
という作業ができないために、雨などに会うと、その染料が流れ出してしまうときがある。これを「紋が泣く」と呼んでいる。

「お宅で入れてもらった増山雁金は、上の雁金が口を開け、下の雁の方は口を閉じているでしょう」

と、内田屋さんが言った。

「そう。それを阿吽《あうん》と言うんです。浅草《あさくさ》の仁王《におう》さんでも、神田明神《かんだみょうじん》の狛犬《こまいぬ》でも皆同じでしょう。二体がセットになっているものは、一体が口を開き、一方は口を結んでいるのが昔からの仕来たりです」

と、私は内田屋さんに紋帳を見せた。紋帳と寸分違わぬ紋を着物に描くのが仕事だから、雁金の目付きや嘴が気に入らないといって、勝手に直すことができないのが上絵師だ。

「そうなんでしょうねえ」

内田屋さんは、私の主張は認めたものの、困り切った顔で言った。

「でもその家の紋は違うらしいんですよ。二羽の雁金とも、口が閉まっているんですがねえ」

「じゃ、阿吽でなくて、うんうんになってしまいますよ」

「うんうんでも、その家の紋は、そうなんです」

「じゃ、増山雁金じゃないんでしょう」

「お客さんは、家の増山雁金はそうなんだと言うんです。他の留袖《とめそで》を見せてもらいましたけど、ちゃんと口を閉じている」

「その留袖は内田屋さんが扱ったんじゃないのね」

「そう。内なら、紋のことは全部お宅に持って来るから。初めてのお客さんなんですよ。なんでも、今迄《いままで》出していた洗張屋《あらいはりや》が死んじゃった、とかでね」

「困ったね」

「……困りました」

この、内田屋さんという人、早稲田《わせだ》に店を持っている洗張屋さんで、当時、五十歳ぐらい。ずんぐりした身体《からだ》と、丸い顔にどこか愛敬《あいきょう》がある。人当たりがよくて話好きだ。その頃、月に一度ぐらいの割で私のところへ紋の仕事を持って来ていたが、仕事を置いてもすぐには帰らない。茶を飲みながら、一人でいろいろなことを喋《しゃべ》り続ける。

内田屋さんが小僧のころ、その店の客に何とかいう講釈師がいて、よく使いに出されることがあった。内田屋さんはその講釈師の家に出入りしているうち、弟子たちが稽古《けいこ》をしている講談を片端から覚えてしまった。

「どうだい。洗張屋なんかより、講釈師にならないかい」

講釈師は冗談のつもりだったのだろうが、しかし、内田屋さんはかなり本気で弟子入りを考えたというから、根からの話好きなのだ。

その内田屋さん、このときだけは暗い顔になった。理屈は私の方が正しい。しかし、理屈はどうでも、商人は客の注文通りの着物を作らなければならない。内田屋さんはその板挟みになっているわけだ。

「誂えを受けたとき、その留袖の紋を見せてもらったの？」

と、私は訊いた。

「ええ、見せてもらいましたよ。でも、嘴みたいな細かなところは、全然気が付かなかった」

「お客さんも、普通の増山雁金とは違うと言わなかったんだ」

「そうです」

じゃ、両方に落度がある。だが、こんなとき、いつも泣きを見るのは、その仕事をした職人の方だ。

上絵師は正確には「紋章《もんしよう》上絵師」と言う。電話帳にもそう記載されている。一応は絵師だが、芸術家ではない。

芸術と名が付くと偉いもので、たとえ自分が間違えていても、いや、正しいのは私だ、と言えば、それが通ってしまう。職人となると全くその点だらしがない。いくら自分が正しい仕事を納めても、客が違うと言えば、それは違う。気に入った仕事でも直さなければならない。

どの家にも家風とか、仕来たりがある。世間一般の常識とはちょっと違っても、それが家風だといえば宥《ゆる》されてしまう。多分、内田屋さんの客もその類《たぐ》いで、先祖が誤ってか、あるいはなにかの理由があってか知らないが、増山雁金をうんうん雁金と変形して使うようになった。結局、その人物は、後後まで職人を悩ますことになるのだろう。

「このままじゃ、納まらないんです。紋抜きをして、改めてうんうん雁金にしてもらいたいんですがね」

と、内田屋さんは言った。

「それは、大仕事だ」

私はうんざりした。

紋に使った染料を薬品で脱色させて元通りに白くする。墨を使ったところは鶯《うぐいす》の糞《ふん》を使う。誰が発見したのか知らないが、鳥の糞には墨の膠《にかわ》を溶かす酵素《こうそ》が含まれているそうで、昔からしみ抜きの材料に用いられている。擂《す》り餌《え》を与えている鳥の糞なら鶯に限らないわけだが、なぜか鶯の糞とされている。まあ、美人のものなら、それも美しかろうと錯覚するのは人の常だ。

今では、業者が精製されたしみ抜き用の酵素を売っている。つまり、鳥屋で只で貰《もら》っていたものが、薬品として金を払わなければならなくなった。どうも、今の社会は何かにつけて金を取られる仕組みになっているようだ。

まあ、そのような厄介《やっかい》な手続きを取れば、増山雁金をうんうん雁金に描き直すことが不可能ではない。だが、問題は手間《てま》閑《ひま》のことではなく、丹精をこめて入れた紋を、同じ手で今度は抜いてしまうということが、精神的にひどく苦痛なのだ。

私は、そこで妥協案を出した。

「つまり、上の雁金の口さえ閉じていればいいわけでしょう」

「そうです」

「じゃ、雁金の上嘴を染料で突ついて消してしまう。その後で、胡粉《ごふん》をちょいちょいと差せば、嘴が閉じます」

「……うまくいきますかね」

「大丈夫。見たぐらいじゃ判りません。もっとも、光に透かせば胡粉の部分が黒く見えますがね」

「仕立ててある着物だから、透かして見ることなどないでしょう」

「ですから、何年か後、この着物を解いて洗張りしたようなとき、透かされれば胡粉だということが判っちゃいます。まあ、胡魔化《ごまか》しだと言われれば、実際、胡魔化しなんですから」

「つまり……胡粉で直すことをお客さんに納得してもらえればいいわけですね」

「そう。そのお客さん、喧《やか》ましい人なんですか」

「まだ、深く付き合っていないから判らないけれど、こんな小さなことに気の付く人ですからね。でも、一応はそう話してみることにしましょう」

ふと、喪服の陰から、意地悪そうなお婆さんの顔が見えるような気がした。ちょっと常識を外れた家風のある家にいて、格式や家名にこだわり、ご先祖が大切、夫が死んでからも元気に長生きして、嫁に家風を正しく継がせようと押し付ける。職人にとっては一番苦手なタイプだ。

内田屋さんがそう言って帰ってから、二、三日して電話があり、客にわけを話すと、胡粉を使った直しで結構だと納得してくれた、と言ってきた。

紋抜きから逃れて、私はほっとした。胡粉を使う直しだから仕事は早い。

その喪服を取りに来たとき、内田屋さんは菓子折を持って来た。

「それでは紋屋さんに気の毒なことをした、とそのお客さんが言うんです」

と、内田屋さんは言った。

「今までの洗張屋さんは長い出入りで、うんうん雁金のことはよく承知していて、お客さんが何も言わなくても、ちゃんとしたうんうん雁金にしてくれていたそうなんです。それなら、口が足りなかったわたしが悪い、そう言って、このお菓子、紋屋さんに届けてくれるように、と頼まれたんですよ」

内田屋さんは付け加えた。

「うんうん雁金の紋本《もんほん》を一枚作って下さい。私が今はいい機械があるから、コピーしましょうと言うと、いや、後後まで残したいから、ちゃんとした紋本が欲しいということなんです。お宅の仕事、誉《ほ》めてましたよ。だから、教えてやりました。この紋屋さんは三代目、いまこそ大塚《おおつか》にいるが、神田で生まれた代代の名人ですから、って」

内田屋さんはやっといつもの話し方になった。

それで、その客が意地悪そうなお婆さんらしい、という印象は消えたのだが、更に、上品な美しい女性だとまで想像することはできなかった。

それが、十年ほど前のことで、そのうんうん雁金の喪服を着た女性と、最近、実際に会う機会があった。

馬屋《うまや》さんの葬式で、だった。

馬屋さんという名は、家の中だけでしか通用しない。私が付けたあだ名だからだ。本当の屋号は志摩《しま》屋《や》という。

同じ洗張屋でも、内田屋さんと馬屋さんとでは性格がまるで違う。体型からして違う。内田屋さんみたいに丸っこい感じではなく、馬屋さんは骨太で背が高い。馬屋というあだ名は顔から由来していて、色が黒くて長い顔の中に、まんべんなく目鼻が散っているから、それでなくとも長い顔が余計に長く感じる。年齢は内田屋さんよりずっと老けて見えるが、実際は馬屋さんの方が二つ三つ下らしい。

馬屋さんの態度は馬よりも牛で、無口。見るからに頑固な職人。およそ、お世辞というものがない。もし、うんうん雁金のようなことがあったら、

「あんたもお金を取って仕事をしているんだろう」

ぐらいのことは言いかねない。つまり、損な性格なのだ。

仕事を持って来るのは内田屋さんと同じで月に一度ぐらい。

「今日《こんにち》は」

ぬうと入って来て、

「これ、お願いします」

茶を出しても世間話をするわけでもない。煙草《たばこ》を吹かしながら、私の仕事をぼうっとした顔で見ていて、忘れたころ、

「じゃ、お願いします」

と、帰っていく。

たまたま、内田屋さんと顔を合わせたことがあった。そのときも、

「どう、仕事は。元気かね。このところ、天気が続かないね」

喋るのはもっぱら内田屋さんの方だった。

「あれはね、毀《こわ》れ電卓。私はそう呼んでいるの」

と、内田屋さんが評した。

馬屋さんの店は牛込《うしごめ》で、同じ区内だから組合の会合にはいつも顔を合わせるらしい。

「家に毀れた電卓があるのよ。どういう加減か、イコールのキイを押すと、出て来る答えはいつでも五五五五と、五の数字しか出やがらないの。志摩屋と同じ。志摩屋は何を言っても〈そんなものかね〉としか言わないでしょう。答えはいつも同じ。だから、あれは毀れ電卓」

馬屋にしても毀れ電卓にしても、大体、誰の目で見ても冴えている男ではない。

そういう職人だから、腕の方はしっかりしているかと思うと、これがあまり頼りないのだ。紋だけで言うと、その知識は素人《しろうと》並みで、とても着物を職業にしている人と思えないことがあった。

「紋は巴《ともえ》」

と言うから、

「どんな巴ですか」

と、訊くと、

「ただ、巴。お客さんが、そう言った」

「ただ巴じゃ判りません。巴にはいろいろな種類があるんですよ。左三つ巴、右三つ巴、他に一つ巴、二つ巴というのもあるんです」

「……そんなものかね」

あるいは、

などと平気で言う。大根の紋はないことはないが極めて稀《まれ》だ。前のことがあるから油断できない。よく訊きただすと丁字《ちようじ》の紋だったりする。そのときも、

「そんなものかね」

と、言った。

内田屋さんはそれを、中年からの職人だから、と私に教えた。

「志摩屋は明治から続いている古い店なんですよ。戦後、長男が志摩屋を継いで、毀れ電卓は区役所だかどっかに勤めていたんです。ところが、その兄貴が早死しましてね。働き過ぎですよ、働き過ぎ。あの頃はどこでも仕事が山でしたからね。それなのに、小僧も使わず、一人っきりでこなしていた。無理をしたんですね」

それで、馬屋さんがその仕事を継がなければならなくなった。なにしろ、馬屋さんはサラリーマンだったから、呉服のことはなに一つ知らなかった。最初のうちは内田屋さんがずいぶん面倒を見てやったらしい。古くからの洗張屋だったから、志摩屋にはいい客が多く付いていた。それが、馬屋さんの代になると、注文に来る客が段段に減っていった。

「とにかく、ああいう無愛想な男ですからね」

と、内田屋さんは言った。

「お客さんに対しても、ああなの？」

「仲間に対してもああなんです。口数が少ないくせに理屈屋でね。それも、すぐ尻尾《しっぽ》をつかまれるような理屈を言う。言い込められると、そんなものかね、なんです」

煙草だけは好きなようだが、酒は飲まない。趣味は何一つない。テレビは嫌い、旅行は組合の付き合い程度。一人娘を嫁に出してからは、ますます世の中が詰まらなそうだった。

その馬屋さんが、私のところで、しみじみと新内《しんない》に聞き入ったことがある。馬屋さんが肺癌《はいがん》で死ぬ半年ほど前。暑い日だった。

いつの間にか、午前中は上絵師の仕事、午後は絵筆を鉛筆に持ち換えて、原稿用紙に向かうという習慣ができて、十年近くになるが、一日中同じ仕事を続けることがないので、両方の仕事がそれぞれに気分転換効果を生じるようになり、はなはだ工合《ぐあい》がよろしい。

この理想的な仕事の関係を長続きさせるためには、あまり売れる作家になってはいけない。そこで、ごくマニア向けのミステリーを書く。奇妙な趣向を凝らして、浮世離れした筋をこねあげ、一般の読者を振り切らなければならない。あるいは、この小説のように、古臭い職人の世界を扱って、漢字を多く使い、新しがりやの若い人達からそっぽを向かれなければならない。これでも、結構、気を遣っているのである。

一方、上絵師の方は、これは仕事が培《ふ》えるのは大歓迎。職人は自分の仕事に署名などしないから、他の人にどんどん代作《だいさく》をしてもらうことができる。一度でいいから、家の中を仕事の山にして、夢にまで見た搾取《さくしゅ》の味を知りたいものだ。

小説ではそんなことはないが、上絵師の仕事では、ときどき、急ぎの紋入れが飛び込んで来ることがある。

その日がそれで、上絵師の仕事が、午前中で片付かなくなった。三時ごろになると、かなり疲れが出てくる。そうすると、なにかが聞きたくなる。三味線《しゃみせん》の音を聞いていると、ふしぎに疲れを忘れるのだ。

大体、新内、常磐津《ときわず》、清元《きよもと》といったものがいいようで、これは親父と仕事をしていたときに身に着いた習慣だ。

親父は若いときは常磐津、戦後は近所のお婆さんから新内を習っていた。親父がラジオの邦楽番組を楽しみにしていたのを、最初のうちはむしろ迷惑に思っていたものだ。それが、聞き込むほどに、すっかり新内というものに心を動かされてしまった。

自分の方からレコードを買い集める。ラジオを録音する。それではもの足りず、上野《うえの》の本牧亭《ほんもくてい》に行って生《な》まの演奏を聞く。明けても新内、暮れても新内。その時期、まだ若かったから、目星《めぼし》い新内は丸ごと覚えてしまった。

けだるいリズムで、そのくせ、びっくりするほど冴えている三味線の音。遊蕩《ゆうとう》的な雰囲気《ふんいき》でいながら、人間放れした超技巧的な節廻し。好色的なのに、真実の愛に迫る物語など、どこもかしこも良くって仕方がない。

その日、プレーヤーにかけたのが、「明烏夢泡雪《あけがらすゆめのあわゆき》」。A面が上の巻で「浦里部屋《うらざと》」、裏が下の巻「雪責め」。真夏に雪の世界を見るのも一興だ。

浄瑠璃《じょうるり》は鶴賀胡若《つるがこわか》、三味線が新内小波《しんないさざなみ》。いずれも女性だが、胡若は女性にありがちなきんきんしたところがない。しかも、その情感の豊かさは天成《てんせい》の質だろうが、最初聞いたときは魂が宙に舞いあがる思いだった。とにかく、お気に入りの一枚だ。

レコードをかけはじめて間もなく、馬屋さんが例によって、のっそりと入って来た。

「今日は……」

馬屋さんは、おや、という顔をしてプレーヤーの方を見た。そして、むっつりと仕事場に上がって来て座蒲団《ざぶとん》の上に坐《すわ》った。

仕事を続けているので、よく観察したわけではないが、馬屋さんは新内に耳を傾けているようでもある。または、ただ、ぼうっとしているだけとも見える。

ポケットからくしゃくしゃのハンカチを取り出して、しきりに額の汗を拭《ぬぐ》う。そして、短くなるまで煙草を吸う。

そのまま、三十分ほど。

曲が終ると、馬屋さんははじめて風呂敷包みを解いて、小紋《こもん》の着尺地を取り出した。丸に三階菱《さんがいびし》の一つ紋。

「新内、好きなんですか」

と、馬屋さんは訊いた。

「ええ……まあ」

こっちも、愛想のいい方ではない。

そう言えば、馬屋さんがやって来るのは、大抵、お昼前後だから家でレコードがかかっていたことがないのだ。

「これ、レコード？」

「そんなものです」

と、私は言った。馬屋さんは傍《そば》に転がっているレコードのジャケットをちょっと見た。

「今、売っているの？」

「普通の店じゃ、並んでいないでしょう。あまり売れるものじゃないから。注文しないとね」

「そんなものかね」

「新内はお好き？」

「いえ……嫌いだったけど、こうして聞くと、いいもんですね」

「そりゃ、いいですよ」

「こんなものをいいと思うようじゃ、俺も年かな」

「年はないでしょう。僕の方がずっと若いですよ」

「いや……そんなつもりで言ったんじゃないんです」

「レコード、裏返します。よかったら、聞いていらっしゃい」

「いえ……またにします」

馬屋さんは急にそわそわして帰って行った。

その日が、馬屋さんと話をした最後だった。

紋入れをした小紋を取りに来たのは、嫁に行ったという馬屋さんの娘さんだった。

馬屋さんはあの日から工合が悪くなり、入院した、と娘さんは言った。これが馬屋さんの子かと思うほど、若くて美しい人だった。

「前から病気だったんです。当人には言いませんが肺癌で、今年一杯と宣告されているんです」

娘さんはすっかり諦《あきら》めているような口調だった。馬屋さんは前前から入院を勧められていたのだが、頑として応じなかったのだという。

「それから、お訊きしたいことがあるんですけど」

「なんでしょう」

「父がこの小紋を持って来たとき、お宅でレコードを聞きませんでしたか」

「ああ、新内でしたね。明烏でしたか」

「そう……よかった」

娘さんはほっとした表情で、

「どうしてか、急にそのレコードを買って来い、と言うんです。今迄、レコードなんて一枚も持っていない人だったのに」

「……ほう」

「それ、難かしい題ですよね。うっかり、忘れてしまって。ああいう人ですから、聞き返すと怒るんです」

「そうでしょう。新内を知らない人なら、二度や三度聞いたって覚えられません」

私はメモに新内の本名題《ほんなだい》とレコード番号を書いてやり、多分、この曲ならカセットテープになっているはずだから、病室で聞くにはその方が便利でしょうと言い添えた。

「お父さん、新内がお好きなんですか」

「いいえ。新内だなんて、わたし、はじめて聞くんです。母もふしぎがっていました」

馬屋さんは明烏を聞いたとき、新内は嫌いだ、とはっきり言った。新内に関心のない人なら、そんな返事はしないはずだ。大方の人はこういうの、判りませんと言う。しかも、難かしい題や演奏者を、ラベルを一目見て覚えて帰ったのだ。それにしても、素直に明烏のレコードが欲しいとは言わず、ジャケットの題名をきちんと覚えて帰り、娘さんに買いにやらせるところは、いかにも馬屋さんらしい。

馬屋さんの通夜《つや》の日、たまたま高校の同窓会にぶつかった。娘さんが言ったとおり、十一月の末、馬屋さんはその年が越せなかった。

名ばかりだが、同窓会の通知の葉書には、世話人として一応私の名も連なっている。馬屋さんの店は牛込で同窓会の会場は飯田橋《いいだばし》。歩いても行ける場所だから、適当なとき中座をすればいいと思って、最初に、同窓会に顔を出した。

ところが、つい、長話するはめになった。

私を放さなかったのは荻野目《おぎのめ》という同級生だった。

いつものことで、およそ同窓会に顔を見せたことのない男が、ひょっこりと現れることがある。荻野目がそれで、高校を卒業してから一度も同窓会に出たことがなかった、という。実に記録的な男だ。

荻野目という名には微《かす》かな記憶があるが、顔が思い出せない。だが、ふしぎなもので、しばらくすると、三十余年という歳月が、段段にちぢまっていく。そうか、あのときの、荻野目か。あんなこともあった、こんなこともあった……

話し掛けると荻野目はもうただ懐しいようで、饒舌《じょうぜつ》になった。

私の名はときどき新聞広告などで見ている。偶然だが、私が出演したテレビも見た。だから、私のことだけは一目ですぐ判った、という。

「僕はね、あの夜間高校時代、ひどく辛い思いをしたんです。今思うと皆同じだったに違いないが、そのときは、とにかくその時代が大嫌いだった。だから、高校を卒業したときはずいぶん嬉しかった。けれども、翌年、最初の同窓会の通知が届いたとき、暗い嫌なところから呼び出しを受けてね、また、あの辛いことを思い出すのかと、背筋が寒くなりました」

荻野目はその葉書を破り捨て、生涯、同窓会なんかには行くものか、と誓った。

私のクラスには、実に几帳面《きちようめん》な男がいる。転居先不明で葉書が戻って来ると、区役所に問い合わせるという工合で、その男のお蔭《かげ》でいまだに私達の同窓会名簿は、ほぼ完全に作られている。

荻野目は続けた。

「ところが、今度だけは違いました。通知をもらうと、落着かなくなったんです。なぜだか判らない。むしょうに皆の顔が見たくなって。昔の誓いなどどうでもよくなりました。矢張り、来て、よかった……」

荻野目はポケットからくしゃくしゃのハンカチを取り出して、顔の汗を拭《ふ》いた。本当に拭きたかったのは、こぼれそうになる涙だったに違いない。

荻野目の話に付き合っていて、通夜に行く時間がすっかり遅くなってしまった。私は常連に二次会の会場を聞いて、同窓会の会場を出た。

多少気が急《せ》いていたのと、タクシーだったので、馬屋さんの店に着くまで、ちょっとまごまごした。

それに、近所にもう一軒、通夜をしている家があった。迂闊《うかつ》なことに、馬屋さんの姓を知らない。いつも屋号で呼んでいるからだ。だが、その葬場の世話役が近くにも通夜の家があるのを心得ていて、馬屋さんの店の方向を教えてくれた。馬屋さんの店に着くと、もう枕経《まくらぎょう》が終っていて、親族らしい人達に送られて、僧が車に乗るところだった。

遺影の馬屋さんは、背広姿できちんとネクタイを締めていた。鮮明な写真で、病気を知った家族が、意識的に撮影した感じだった。気のせいか、写真の馬屋さんはむっとして、迷惑顔である。

焼香を終えると、すぐ、馬屋さんの娘さんが傍に来て挨拶《あいさつ》をした。

「あのときは、ほんとうに有難うございました。お蔭で、明烏を父に買ってやることができました」

「それは、よかった」

「ああいう人でしたから、口では言いませんでしたけれど、とてもあれが気に入ったみたいです。繰り返し繰り返しあの曲を聞いていて、死ぬときもイヤホーンを耳に入れたままだったんです」

「……じゃ、苦しまれずに？」

「はい、少しも。父はずっと貧乏を苦にしていましたけれど、死ぬときは羨《うらや》ましいほど穏やかでした」

「それが……一番の幸せでしょう」

「でも、ふしぎですね。父はなぜ急に新内が好きになったんでしょう」

それは、判るような気がする。

娘さんの話を聞いて、たった今別れて来たばかりの荻野目と、新内に聞き入っていた馬屋さんの姿が重なり合ったからだった。

もしかすると、あのときの馬犀さんも、荻野目のように、顔の汗を拭くふりをして、涙を拭いていたのかも知れない。

そのとき、新しい弔問客《ちょうもん》が来た。娘さんはその方に軽く会釈《えしゃく》をした。

綺麗な白髪《しらが》だが、ほっそりした顔にあまり皺《しわ》は目立たない。目が大きく鼻が高いから、洋服ならグレイヘアの外国人に見えそうだった。

しかし、娘さんは目礼しただけなので、顔見識《かおみし》りではないようだ。

その女性が焼香台の前に立ったとき、奥から三味線の音が聞こえてきた。明烏、浦里部屋の前弾きだった。

「あのテープです」

と、娘さんが言った。

「内の人がかけているんです。親父さん、お経なんかより、この方が喜ぶだろう、って」

「……それは、そうでしょう。これを聞きながらお亡くなりになったのですから」

白髪の女性の様子が変だった。

じっと、馬屋さんの遺影を見たまま、香をつかんだ手が動かない。

テープの曲は前弾きが終り、鶴賀胡若の美声がゆるやかに聞こえてくる。

すると、白髪の女性は急に我に返ったように、あわてた態度で焼香を済ませると、小走りに夜道に飛び出して行った。

「ああいう方、何人かいらっしゃったわ」

と、娘さんが言った。

「それも、一徳《いっとく》ね。知らない方からも焼香してもらったんですから」

娘さんはその女性も、葬場を間違えた一人だと思ったらしい。

だが、職人の目は確かだ。

近くはなかったが、背紋がはっきりと見えた。

紋はうんうん雁金だった。

「でも、よかったじゃない。死にごろだったよ」

と、内田屋さんが言った。

「死にごろ、なんてのがあるんですか」

「そう、今の時代にしちゃ、ちょっと若かったけど、病気があったでしょう。寝付いたまま、長生きでもされてごらんなさい。悲惨ですよ」

「……それは、そうですね」

「神《かみ》さんは腰が悪いんです。だから、嫁に行った娘さんが面倒を見なきゃならない。そうすると大変です。うっかり子供も生めません」

「娘さん、まだ若そうでしたね」

「今年……二十五かな。志摩屋が神さんをもらったのが遅かったから」

「そうだったんですか」

「まあ、志摩屋は張り場があるし、いえ、自分の持ちものじゃないけど、今は借りていたって権利が大変です」

「あそこは場所もいい」

「地主だって、大喜びしているでしょう。志摩屋はああいう奴ですから、目の黒いうちは動かねえと頑張っていたんですから。その目が白くなっちゃって、娘さんだって郊外に行けば、いい家が建つでしょう。だから、いい死にごろだったんです」

内田屋さんはそう言うと、持って来た畳紙を開けた。

「これ、ちょっと見て下さい。紋洗いしてもらいたいんです」

黒羽二重の喪服。紋を見て、私は複雑な気持になった。

「これ、前に、僕が描いた紋だ」

「よっぽど前に誂えたんですよ。それで、判りますか」

「判りますよ。雁金の嘴を見ればね」

内田屋さんはその意味が判らないようだった。十年も前のちょっとしたごたごただから、すっかり忘れているのだろう。

見ると、矢張り雁金の嘴が、胡粉で修正されている。

「右の胸紋。水に会ったらしいんです。ほら、泣いているでしょう」

一滴の水が、上絵の染料をにじませて、上の雁の羽を青く濡らしていた。

「涙かな」

と、私は言った。

「涙ね……判りますか」

「そりゃ判ります。これは、涙のしみ方です」

「しかし……葬式は身内じゃなかったようですよ」

「このお客さん、どんな人なんですか」

「神楽坂《かぐらざか》にいる、小唄《こうた》のお師匠《しょ》さんですよ。齢《とし》は内の神さんと違わないようですが、ああいう仕事をしている人は違うね。凄いような美人です」

「旦那さんはいるの？」

「ええ。口惜《くや》しいけど、います。区の助役までいった人で、今はなんでも保険関係の会社の重役さんだそうです」

増山雁金の喪服を着て、馬屋さんの通夜に来た女性は、葬場を間違えたわけではなかったのだ。

彼女がうろたえたのは、葬場に思いも掛けない明烏が流れだしたからである。

馬屋さんにとって、自分でも稽古したに違いない新内には、辛すぎる過去がまつわり付いていて、多分、生涯、耳にもしまいと誓ったはずだ。その昔のことを、彼女も忘れることができない。自分の着物も馬屋さんのところに出さず、内田屋さんに頼んでいる。馬屋さんに会えぬ事情があったのだ。

ところが、その馬屋さんが明烏を聞きながら死んでいったのを知って、彼女はその場にいたたまれなくなったのだ。増山雁金に残った、涙の跡が証明している。彼女は葬場を逃れ、そして、人のいないところで、思い切って泣いたのである。

「綺麗になりますかね」

「大丈夫です。まだ、新しいしみですから」

私は泣いた増山雁金をすっかり紋洗いし、元通りに描き直した。

長い恋物語が、幕になった感じだった。

遺影

牧子《まきこ》が家に帰って来ると、留守番電話に夫の声が入っていて、石原《いしはら》が自動車事故で死亡した、すぐ、石原の家に行ってやってくれ、俺は仕事で遅くなる、と言った。

牧子はその言葉がすぐには信じられず、繰り返し録音を聞いた。まさか、という疑いの方が先で、少しも石原が死んだという実感が起きない。すぐ、石原の家に電話を掛けたが話し中だった。

受話器を置いたとき、全身の痛みが蘇《よみがえ》った。家へ着いたという安堵《あんど》感からか、急には歩くこともできなかった。よく、あれから独りで帰って来た、と思うほどだ。

石原が自動車事故を起こしたとき、牧子は同じ車に乗っていた。

石原の妻は顔の神経が切れてしまったように無表情だった。親戚《しんせき》縁者らしい十人ほどが集まっていたが牧子の顔見識《かおみし》りはなかった。一通り挨拶《あいさつ》を済ませた後は隅の方で坐《すわ》っているしかなかった。身体《からだ》の痛みは楽になっていないし、熱も上がりはじめていたので、牧子は相手になってもらえない方が有難かった。

顔立ちが似ているので、石原の兄に違いない。しばらく葬儀社の社員と話をしていたその男が石原の妻に言った。

「健作《けんさく》の写真が要るんです。滋子《しげこ》さん、アルバムがありますか」

滋子は矢張り無機質な表情のまま立ち、次の間から何冊かのアルバムを抱えて来て、石原の兄の前に投げ出すように置いて傍《そば》を離れた。石原の兄は口の中でぶつぶつ言い、アルバムを繰った。

一冊目はきちんと整理されていたが、ほとんどモノクロ写真だった。幼児期のアルバムで、自分も見覚えある写真も多いらしく、石原の兄は溜息《ためいき》をつきながらページを繰っていた。

二冊目は高校卒業記念のアルバムで、牧子も同じものを持っていた。赤い綾織《あやお》りの布を張った表紙に見覚えがある。前半はアート紙に印刷された写真で、後の部分が普通のアルバム、最後に卒業名簿が綴《と》じられている。

石原は野球部員だった。

石原は５を背番号にした一塁手だったが、あまり冴えたチームではなく、高校野球ではいつも初戦に負け、出ると負けだと陰口をきかれていた。

牧子は同じ高校の陸上部で、この方はレベルが高く、インターハイでは必ず入賞者を出すほどだから、部員は野球部を軽侮《けいぶ》しがちだった。口には出さないが牧子だけは違う、というのが、石原が部員の一人だったためで、いつごろからか、牧子はその熱い視線に気付いていた。石原は殊更《ことさら》牧子の傍に来るわけでも、声を掛けるわけでもない。ただ、ある距離の中で、我を忘れたように牧子の姿に見入ったり、登校下校の道で待っていたように牧子の後を付かず離れずついてくることがしばしばあった。

その年、弱いはずの石原のチームが、どうした弾みか勝星を拾っていき、甲子園出場を目の前にした。そうなると、牧子たちの陸上部員も傍観していられなくなり、試合にはグラウンドに行って声援を送るようになった。高校の誰もが甲子園出場の奇跡を願っていた。

結果は、それまでがすでに奇跡だったのだ、ということが判《わか》っただけだった。

負けて元元という気持の石原のチームは、こちこちになっている相手を圧倒した。ただし、それは前半だけで、石原のチームにこれは万が一という欲が出たところでその立場が逆転したのだった。

元元、野球に関心がなかったためか、牧子はその試合の内容をほとんど覚えていない。ただ、試合が終り、選手の控室に行ったときの記憶は鮮明だ。

陸上部員は持って来た花束を野球部員に渡し、健闘を労《ねぎら》ったのだが、その汗の臭いの籠《こ》もる部屋に石原の姿が見えなかった。石原は外に出ていて、更衣室の壁にもたれかかり、人気《ひとけ》のなくなったグラウンドをじっと見詰めていた。

牧子がそっと控室を出て外へ行ったのは、閃《ひらめ》きというより啓示に近い感覚だったと思う。

牧子は石原の姿を見たとき、いろいろな情感が一度に湧き立った。牧子は無言で石原の手を取った。言葉は必要でないと信じて、背の高い石原の顔を見上げ、大胆に目を閉じた。石原はかなり度を失ったようで、最初、牧子の鼻に唇《くちびる》を押し付けたほどだった。牧子の方は石原の足を踏んでしまった。

そのときの気持を、二十年後、牧子は石原にこう告げた。

「啓示が適中したという驚きと、あなたの姿が淋《さび》しく美しかったことと、善戦を尊敬する気持と、感受性の強いあなたを好ましく思い、いろいろなものが一緒になって、ああしなければいられなかったの」

だが、それだけだった。

その後、石原の接近を心待ちしていたのだが、高校を卒業するまで話しあうこともなかった。

「滋子さん、他にアルバムはありませんか」

と、全部のアルバムに目を通した石原の兄が言った。

「それじゃ、いけないんですか」

「ええ。これは子供のときの写真ばかりでしょう。祭壇に飾るんですから、せいぜい二、三年ぐらい前のでないと」

滋子は再び次の間に入り、今度は長い時間をかけて、いくつかの箱と茶封筒を重ねて持って来た。

「最近のは、整理していないみたい」

石原の兄が一番上にある平たいブリキの菓子箱を開けた。箱の中には大小のスナップや記念の集団写真が乱雑に重なっていた。石原の兄はそれを畳の上に取り出し、いくつかの写真を取り分けていった。

その箱のものが一番新しそうだった。牧子が覚えているネクタイを締めた石原の写真がある。牧子は石原の兄の手元を見ているうち、あることに気付いて、どきりとした。

二人がしめし合わせて温泉旅行をしたとき、石原は家族風呂にカメラを持ち込み、牧子の裸身を撮影したことがあった。

石原の遺体が戻って来たのは十時過ぎだった。

前後して、兄妹《きょうだい》一同と親戚一同と書いた白木の札を立てた生花が届けられた。

翌日は冷え込みの厳しい日だったが石原の通夜《つや》に、牧子も出席しなければならなかった。

白黒の鯨幕《くじらまく》が張られた部屋に祭壇がしつらえられてその中央に石原の写真が飾られていた。

ふっと笑みが現れた瞬間の表情で、写真と視線が合ったとき、牧子はもう少しで声をあげてしまうところだった。

石原の妻の滋子は昨夜と違い、目を泣き脹《は》らしている。石原の死がやっと実感になったのだ。牧子は憚《はばか》りなく泣ける石原の妻を羨《うらや》ましいと思った。

牧子の夫は受付のあたりにいて、弔問客《ちようもん》の接待に忙しかった。客の多くは石原の会社関係で、相変わらず牧子の顔見識りはいなかったが、その連中が引き上げたころ、どこかで待ち合わせしていたらしく、高校時代の野球部の一団がまとまって弔問に来た。

牧子には懐しい顔ばかりだったし、野球部の全員が牧子を覚えていた。といって、親しく近付いて来る者はなくただ目で挨拶を交わすだけで、その素《そ》っ気《け》なさは場所がらとしても、牧子には物足らなかった。

それから少しして、康江《やすえ》が独りだけで弔問に来た。康江は意外な老け方ですっかり顔変わりしていたが、陸上部時代のてきぱきした態度はそのままだった。

「矢張り来ていたのね。あんたたち仲良しだったから」

と、康江が言った。

「そんなんじゃないわよ」

牧子は無理に笑って見せた。

「だって、ひどく顔色が悪いわよ。泣き明かしたみたい」

「……風邪気味なの。少し熱があるのよ」

「それだけなの?」

「石原君は内の主人が仕事で世話になっているわけ」

康江は焼香を終えて帰って来ると、独りでは嫌だと言い、牧子を無理に通夜ぶるまいの席に連れて行った。

「生花にあった、古川《ふるかわ》アスベスト工業というのが牧子のご主人の会社ね」

「ええ」

「新東化成《しんとうかせい》工業、というのは？」

「……よく、判らない」

「いろいろな会社の生花があったわ。石原君、会社で偉くなっていたみたいね」

「……そうらしいわね」

「石原君の会社はスズイチ建設だったわね。一番大きな生花の」

「ええ」

「じゃ、牧子のご主人の会社関係で、あんたは石原君と再会したんだ。何年目だった？」

「……ちょうど二十年ぶりね」

「すると……石原君と再会してから一年――」

「一年半ね」

「で、何でもなかったの？」

「何が？」

「……呆《とぼ》けるところを見ると、矢張りね。石原君はあのころから牧子に憧れを持っていたから」

康江の勘としたら、頭を下げるしかない。

康江が想像したとおり、石原と二十年ぶりに出会った次の週、二人は結ばれた。

「あの日のこと、覚えている？」

と、石原に牧子は訊いた。二人の間のあの日は、その一日しかなかった。

「忘れようがない。僕の最も美しい記憶だから」

と、石原が言った。

「じゃ、どうしてなにもしてくれなかったの」

「……君が美しすぎたから、神神《こうごう》しすぎて近付けなかった」

「わたし……ずっと待っていたのに」

「あの年代の男って、皆そうだと思う。変に自意識だけが強くて、本心を口に出せないんだ」

「……今は？」

「心の底まで曝《さら》け出しますよ。白状しますと、僕はまだあなたに恋をしている」

牧子は最近、絶えて聞かなかった恋という言葉を実感して、少女のようなときめきを感じた。

相性がいいというのか、してはならぬという意識が逆に感覚を鋭くさせるのか、牧子は最初の夜からはじめての異郷に導かれていった。いつのときも、二人の歩調は揃いそのまま同時に頂上に行き着くのだった。生を求め死を希《ねが》う気持は、そのまま、死ぬときも一緒にと言葉になって表出された。

その日も、牧子はアスレチックスクラブの合宿で伊豆《いず》のリゾートホテルへ行くのだと言い、石原の車で山梨の嵯峨《さが》温泉にドライブしたのだった。

その帰途、石原の車が事故を起こした。

一般連絡道から国道に入ったばかりだった。石原はそう車の速度を出していなかったはずだ。その後、石原と会うことができなかったので、はっきりした原因は判らないのだが、その直前、牧子は車の前を横切る黒いものを見ている。

それは大きな犬ほどの獣だった。石原はブレーキをかけ車が横にスリップするのを感じた。前輪からガードレールに突っ込むのが見え、車が横転したと思った瞬間、牧子の意識がなくなった。

わずかな時間だったらしい。牧子が気が付くと、車の外に出ていて、石原の顔が見えた。石原が横転した車から引き擦り出してくれたのだ。

「大丈夫、立てる?」

いつになく厳しい声だった。牧子はどうにか立つことはできた。

「あなたはここにいてはいけない。国道に入ったとき、バス停があったね。そこまで行って、バスに乗りなさい」

石原の顔から血が流れていた。牧子よりひどい状態だった。

「石原さんは？　怪我《けが》をしているわ。わたし、一緒にいないと」

「ばかを言うんじゃない。お互い、立場がある」

それは充分判っていた。

二人にとって掛け替えのない恋だが、世間から見れば中年の男女のスキャンダルに過ぎない。石原は無論会社での地位を失いたくはないだろうし、牧子も二人のことは絶対に夫へ知られてはならない。

「判ったね、さあ、知らん顔をしてバス停に行くんだ」

バッグを押し付けられ、牧子は仕方なくその場を離れた。

後続の車が何台か停車し、誰かが通報したようで、すぐ救急車のサイレンが聞こえてきた。バス停はすぐ傍だった。牧子が気を揉《も》みながら見ていると、石原は到着した救急車の職員に抱きかかえられて車に移された。

「あたしたちも生花ぐらい供えないといけないわね」

と、康江が言った。

「きよみが連絡してくれたから、明日はもっと集まると思う。ねえ、牧子。生花でいいわね」

「ええ」

「矢張り、白菊かしら」

「わたしはユリがいいと思う。石原さんはユリが好きだったから」

「そうだったの、判ったわ」

康江は必要以上に大きくうなずいた。高校生時代、牧子がユリを大好きだったことをまだ覚えていたに違いない。


告別式でかなりひどい顔をしていたようだ。

熱の悪感《おかん》は少しもよくならなかったし、その上に頭痛も加わっていた。せめて空でも晴れればと思うのだが、雪もよいの空が低くなっている。

牧子が焼香を終えて外に出ると、そっと石原の兄が近付いて来た。

「毎日、来ていただいて恐縮です。内にお入りになりませんか」

石原に似た優しい声だった。

「いえ、わたし、ここで」

「外はいけません。お顔の色がよくない。お疲れなんでしょう」

「はあ……」

「それに、立っているのもよくない。こちらへいらっしゃい」

牧子は誘われるまま葬場に戻った。石原の兄は目立たないように遺族が並ぶ後ろに座蒲団《ざぶとん》をすすめ、自分も牧子の横に坐った。

「健作がいろいろお世話になったようですね」

「はあ……」

「あいつ、口の固い男で、なにも知らなかったんですが、昨夜、判りました」

「…………」

「実は、健作の遺品の中から、あなたの写真が見付かりましてね」

「それは……」

「いや、ご心配なく。僕がちゃんと処分しました。誰にも知れないように、ね」

「……ありがとう」

「なに、礼を言いたいのは僕の方ですよ。あなたは分別のある素晴らしい人だ。健作は幸せな奴だった」

石原の兄はそれだけ言うと、前列に戻り滋子の横に着座した。

僧の読経《どきよう》が長長と続いている。

牧子は石原の兄の言葉でほっとし、部屋の暖かさにも救われる思いだった。

弔問客が続いている。

昨夜、康江が言ったとおり、高校の陸上部の多くが弔問に来た。牧子が知っている野球部員や石原の友達の顔もあったが、まさか牧子が遺族の後ろにいるとは思わず、気付かないまま焼香をして祭壇を離れて外に出て行く。

牧子はやや落着きを取り戻し、改めて正面を見渡した。

陸上部の生花が届いていた。牧子が希望したとおり満開の白ユリの花だった。

野球部の生花も見えた。これもユリだった。

──康江が野球部にもそう言ったのだろうか。

牧子の目が生花に立てられた白木の札を行き戻りするうち、ふと、ふしぎなことに気付いた。

──兄妹一同、親戚一同、古川アスベスト工業、スズイチ建設、正和《しょうわ》高校野球部、正和高校陸上部……

全部、牧子が知っている名だった。全部、知っているわけはない。昨夜、康江が言っていた新東化成工業というのは？

牧子はその名を探したが見当たらず、その代りに、牧子が通っているアスレチッククラブの名札を見付けた。

──石原がそのクラブに行っているわけはない。

牧子はどきっとして、半信半疑で祭壇の遺影を見直した。写真はモノクロームの牧子の顔だった。

あ、自分も矢張りあのとき石原と一緒に死んだのだ、と思うとなにか懐しく嬉しい気さえした。

絹針

「今、電話で奥さんと話していたところ。あまり、調子が良くないんだってね」

誂部《あつらえぶ》に入ると、五藤《ごとう》が部厚い伝票の綴《と》じから顔を上げて言った。

「大したことはないの。ただ、年齢と折合いが悪いだけですよ」

「でも、まだそんな年じゃないでしょう」

「いや、もう駄目。あっちこっちに痛みが出ていましてね。車ならぽんこつです」

「油の差し方が少ないいんじゃないの」

「もう、いいって。他の車を使ってもいいって。公認になると、面白くも何ともなくなります」

昭介《しょうすけ》の顔を見て、誂長の園部《そのべ》房子《ふさこ》がカウンターの方へ歩いて来た。

「むさし屋《や》さんは奥さんの方が年上だったわね」

「ええ、お蔭《かげ》で、七つも年上です」

「きっと、メロドラマだったんでしょう」

五藤が指を折ったり伸ばしたりした。

「私とむさし屋さんは同い年、とすると……嘘でしょう」

「嘘なもんですか」

「それにしても若い。三十代としか見えない」

昭介は嫌な気分がした。五藤が下手《へた》な世辞を言うと、きっと碌《ろく》なことがない。

「本当の年を知っていたら、電話などしなかったわけ?」

「そう、それ。電話の件。むさし屋さんがもう着くころだというので、待っていたところ」

五藤は変に着崩れしている会津木綿《あいづもめん》の胸元を直した。今、店では秋の呉服物バーゲンセールで、呉服関係の店員は全員、和服で客に応対している最中だった。

五藤は待っていた、と言いながら何かぐずぐずしている。昭介はカウンターの上で風呂敷包みを解き、二点の仕立物に伝票を添えた。園部が品物と伝票を引き合わせ、受領のゴム印を押す。いつもいる納品の係のおばさんの姿が見えない。

「村井《むらい》さんは?」

昭介は園部の手元を見て訊いた。

「きっと、むさし屋さんの奥さんと同じね」

「……そうですか。矢張り、陽気の替わり目ね」

「売出しが始まっているのに、全く困っちゃう」

昭介は品物を持って、奥にある検査係の棚に運んだ。

カウンターに戻ると、五藤がぺこりと頭を下げた。頭のてっぺんが、目立って薄くなっている。

「むさし屋さん、どうも、申し訳《わ》けがない」

「……何だか、恐ろしくなりそうですね」

園部がちらりと二人を見上げたが、すぐ伝票の整理に戻った。

「実は、お成《な》り（お客）を一人しくじりかけている」

「……間違いでもしたの？」

「そう。午前中にね、若い女の子がやり合っちゃった。全く、今の若い子は向こう見ずだからね。喧嘩《けんか》して辞めることぐらい、屁《へ》とも思っちゃいないんだよ」

「それで？」

「誂物を取りに来たお成りが、ちょっとこう袖《そで》を見て、袖丈が違うんじゃない、と訊かれたそうなんだ。その子は碌に改めもしないで、いえ、お客様のおっしゃった通りですと答えた。別に、相手の気に障るような言葉遣いはしなかったと言うんだが、私が傍《そば》にいたわけじゃないからはっきりは判《わか》らない」

「それで、実際に計ったの？」

「そう。物差しを当てたんだが、伝票の寸法とぴったりだ。だから、その子の方でも強気だったんだろう。だが、お成りは承知しない。自分のところにある羽織も道行きも同じ寸法に揃えて誂えているから、そんな寸法を言う訳けがない。仕舞には怒り出してね、収拾がつかなくなってから、その子は私のところへ助けを求めに来た。そうなってからじゃ、遅いというんだよ」

「結果は？」

「全く、こっちの間違い。伝票を良く見ると、1の数字がよろけて3に見えるように書いてある。それで、二センチほど袖丈が長くなっていたんだ。ところが、そこで謝ってすぐに直しますじゃ済まなくなっていた。それまで、勘違いしているのはお成りの方だと決めて話していたから」

「伝票を書いたのは？」

「岸本《きしもと》さん。生憎《あいにく》、それが休みでね。岸本君でもいたら、こう拗《こじ》れなかったと思う」

店員にも色色なタイプがあって、まずお客が第一、客が黒を白と言い張ってもご無理ご尤《もつと》もと通してしまう性格。こんな店員に限って、職先《さ》きに対すると、態度ががらっと変わってしまう。言葉も横柄《おうへい》になるし、平気で無理な仕事を押し付ける。五藤はこの反対で、職先きの立場で仕事を受ける。岸本などより職先きの受けはずっと良いのだが、逆に客の機嫌気褄《きづま》をとることが不得手なのだ。

「そのお成りというのが、中年だが上品な、一見、良いとこの奥様風なんだがね。心底、意地が悪そうだ。身内のお祝いの席に着て行くつもりが、最初から揉《も》めるのでは縁起でもない。こう言うんだ。私はこういう婆さんは嫌いでね。つくづく閉口したよ」

「仕返地《しかえじ》にでもなったんですか」

「いや、お成りはこの品物に惚《ほ》れているんだ。なに、袖丈が短いんじゃない。長いんだからすぐに直る。だが、この間違いをした責任者が事情を説明しに来なければ、品物は受取れないと言って帰ってしまった」

「…………」

「それで、今、伝票を調べたんだが、この品物を仕立てたのは、むさし屋さん、あんたのところだ」

「……内が責任なんですか」

「ちょっと、この伝票をご覧よ」

五藤は自分の前にあった伝票を昭介の方へ向けた。

「袖丈の数字。それ51なんだ」

「51とは見えませんよ。53ですよ」

「よく見ると51なんだ」

「……どうしても見えませんよ。誂長ならどう見ます?」

園部は綴じをちょっと見ただけで、

「判らないわ」

と、判定を下すことを避けた。

「つまり、私の間違いだと言うんですか」

と、昭介は五藤に言った。

「そうじゃない。ただ、怪しい字なら、ちょっと電話で引合ってくれたら、こんなことにはならなかった」

「じゃ、直すだけじゃいけないんですか」

「言っただろ。お成りが聞かないんだよ」

「今迄《いままで》、お成りのところへ謝りに行かされたことなどありませんよ」

「だから、最初から申し訳けないと言っている。行ってくれるね」

「……そうしないと、五藤さんが困るんでしょう」

「後でこの埋め合わせはする。今日のところは、頼む」

責任のなすり合いになると、いつでも職先きが不利だ。救いは五藤が下手《したて》に出ていることだ。岸本だったら、昭介の言い釈《わ》けも聞かず、頭ごなしに命令するだろう。

「仕方がない。謝って来ますよ」

「よかった。そうすりゃきっとお成りも納得する。むさし屋さんはどこから見ても名人肌の伝統工芸師だものな」

昭介は苦笑するよりなかった。

園部が新しく伝票を切り、直し物に添えた。昭介の仕事はその直し物一点だけだった。

五藤が気の毒そうに言った。

「今年はまだ暑いからね。売出しをしてもなかなか動いてくれないよ」

「景気はどうなっているんですか」

「一応、上向きだとは言っているんだが、高級物はさっぱりだ」

「他のところも同じです」

「むさし屋さん、相変わらず安い仕事はしないの？」

「……そんなわけじゃないんですがね」

といって、進んで安物を受ける気にはならない。昭介の父、耕作《こうさく》はどんなに工料を叩かれても、喜んで仕事をもらって来た。その仕事を、まだ見習いの子に仕立てさせて平気だった。だが、昭介はそんな芸当はできない。弟子もいないし、隅隅《すみずみ》まで納得する仕事でないと気が済まない。だから、工料と技術の差がありすぎると、つい、腹が立ってしまう。それを口にしたことはないのだが、長年の出入りだから誂部ではそれを知っていて、むさし屋へは一切安物を出したことがない。

昭介が直し物を風呂敷に包むと、誂部がにわかに忙しくなった。

他の仕立屋の使いの女の子が、二人掛かりで大きな段ボウル箱を運び込んだのだ。箱の中は仕立て上がった納めもので一杯だった。

園部は奥にいる女店員を呼び二人掛かりで納品に掛かる。

「先生、どう？　お元気？」

と、園部が使いの子に訊いた。

「ええ、お蔭様で」

「相変わらずゴルフに夢中なの？」

「先週の日曜日、ホールインワンを出したんですって、それで――」

誂部が若返ったみたいだった。

園部が先生と言っているのは、元、むさし屋に住み込みで仕事を覚えた村上《むらかみ》という男だ。今は世田谷《せたがや》で五十人以上の弟子を使い、丸伊勢《まるいせ》に出入りする職先きのうちで一番多く仕事をこなしている。今、使いに来ている子もそのお針子だが、その呼び方はもう通用しない。親方と弟子ではなく、先生と助手《アシスタント》の関係になっていて、店名も「村上ソーイングスクール」だ。

昭介は急に自分が年を取ってしまったように感じ、誂部を出た。エレベーターを降りるまで五藤と一緒だった。

「むさし屋さん、お弟子を取る気はないの」

と、五藤が言った。

「ええ。内なんかへ来る子は、今時、一人もいませんよ」

「惜しいねえ。選ばなきゃ、仕事はいくらでもあるのに」

「……でも、質《たち》ですから」

「親父さんの時代には、店で売った呉服の半分は、むさし屋さんが持っていったもんだった」

「親父とは違います。私は職人ですから、人買いみたいな真似《まね》はしないのです」

本郷《ほんごう》の家に戻ると、妻の浩子《ひろこ》は湿布薬の臭いをぷんぷんさせながらテレビを見ていた。

「お帰りなさい。仕事は？」

「……直し物が一つだけ」

「信じられないわね。今、売出しをしているんでしょう」

浩子の言い方は死んだ母親そっくりだった。母親は使いの子が少ない仕事を持って来ると、いつも機嫌が良くなかった。

「まあ、いい。お前の調子が良くないから、少し楽をするんだと思えばいい」

「だから、身体《からだ》がだらけてしまうのよ。忙しければしゃっきりとするはずだわ」

「もう若くはないんだから、むきになることはないさ」

「でも、この季節、仕事がなしだとはね」

浩子は耕作の時代の賑《にぎ》やかさが忘れられないのだ。賑やかな中でなら、一晩や二晩の徹夜仕事は苦にしなかった。

「それより、これから出掛ける」

「まあ、どこへ？」

「……確か、下高井戸《しもたかいど》とか言った」

昭介は五藤の話を手短かに話した。

「まあ、呆れた。それであなた、引き受けはったの？」

「だって、仕方がない」

「人が良すぎますよ。だったら、無理をしてもわたしが納めに行けば良かった。わたしだったら上手《じょうず》にお断わりしてきましたのに」

浩子は両手を卓袱台《ちゃぶだい》に突っ張り、あいててと言いながら立ち上がった。

仕事場に入って、風呂敷包みを解く。

二、三日前に納めたばかりで、品物はまだ記憶に新しい。

総地《そうじ》が薄紫の地色、裾《すそ》が濃目《こいめ》のぼかし。秋草模様の加賀友禅《かがゆうぜん》で、くっきりとした細い糸目が目を見張らせる。普段、着物を見ているので、滅多なことで良いと思ったことはないが、この友禅の上品な美しさには思わず見惚《みと》れてしまったものだ。

だといって、気分が治まったわけではない。すぐ、袖を解いて地直しに掛かる。仕事は一時間と掛からなかった。

着物を畳もうとしたとき、昭介の左薬指に鋭い痛みが走った。あわてて手を引くと、見る見る指先に血が吹き出した。その一滴の塊《かた》まりが畳紙《たとう》の上に落ちていった。

「ちっ……」

指は一塊の血を吹き出しただけで、後は傷口も見えないほどだ。

「どうしたの?」

浩子が覗《のぞ》き込む。

「針があったようだ」

「……まあ」

「裾のあたりだ」

浩子は注意深く裾を探り、縫込みの中から銀色に光る絹針を抜き出した。針には五センチほどの紫色の糸が付いたままだ。

「もう少しで、品物を汚すところだった」

「良かったわ。その上に血でも付けはったら、何と文句を言われるか判らないでしょう」

浩子は新しい畳紙を出して、その中に着物を収めた。

「しかし、俺じゃないぞ」

「……どうしたんでしょう」

「全く、変な日だ」

仕立て上がった品物は、何度も検針機《けんしんき》に掛けられる。検針機はホチキスの折れも見逃がさない。

「いくらあなたでも、間違いということはあるわ。だから、検針機を買えばよろしいのに」

「それは、女子供の仕立屋が言う言葉だ」

昭介は背広に着替え、ネクタイを締めた。浩子がハンカチと靴下を持って来る。

「お帰りは?」

「遊びに行くんじゃない。夕方には帰って来る」

「たまには外で食事をなさったら?」

「外のものは、高いし、まずい」

「それはそうですけれど、わたし、買物に出るのが億劫《おっくう》で」

「だったら、明日、絹子《きぬこ》を呼べばいい。家でぶらぶらしているはずだ」

「そうはいきませんよ。昨日も来て手伝うてくれたし。今年は暑かったから、大きなお腹《なか》で応《こた》えたと言っていたわ。自分の仕度もあるでしょう。可哀相ですよ」

「あまり大事にすると、お産が重いというじゃないか」

「あら、どこからそんな姑《しゅうとめ》みたいな言葉を覚えて来はりましたの」

昭介はそれ以上、反論しなかった。手がないと言えば、浩子はいくらでも手の揃っていた耕作の時代を言い出すに決まっているからだ。

京王《けいおう》線下高井戸の駅で降りると、空はもう暗くなっていた。出るときから雲行きが怪しかったが、それが黒黒と厚さを増した。

それでなくとも秋の夕暮は人を焦《じ》らせる。嫌な仕事を早く済ませてしまおうという気持も良くなかった。五藤が書いてくれた地図を頼りに歩いていると、どうもあたりの様子がおかしい。人に訊いても要領を得ない。仕方なく、駅に戻って商店街の果物屋で訊くと、親切な店員がいて、先方の住所と地図とを引き合わせてくれた結果、どうやら駅が違うようだと言う。住所からすると、下高井戸は下高井戸だが、京王線の下高井戸より、井《い》の頭《かしら》線の西永福《にしえいふく》で降りる方が近いのだと説明された。

それを聞いて、西永福という駅名を思い出した。五藤も確か西永福で降りて、と教えたのだ。早合点とは恐ろしい。住所が下高井戸と言われたので、駅も下高井戸と思い込み、後の言葉をうわの空で聞いたようだ。

仕方なく、下高井戸から明大前《めいだいまえ》まで戻り、井の頭線に乗換えて西永福へ。

外は雨がぽつぽつと落ちていた。用意の傘は持っていたが、品物はただ木綿の風呂敷に包んだだけだ。濡らしてはならないので、赤ん坊のように抱きかかえる。

時計を見ると、六時近くだった。一時間以上も無駄な時間を使ったことになる。夕食時の前に着くように家を出るのを急いだのだが、とうてい間に合わなくなった。といって、今更、喫茶店などで時間を潰す気にもなれない。

五藤は誂部で別れるとき、

「お神《かみ》さんと二人で、こつこつと納得のいく仕事しかしない。それも生き方だろうな。でも、そういうむさし屋さんのような人には、今は良い時代とは言えないな」

と、述懐したが、その通りだと思う。しかし、恰好《かっこう》のいいことは言っても、知らない夜道を人に訊き訊き、見知らぬ客へ頭を下げに行くなどというのは、矢張り情ない気持だ。耕作のように自分の仕事は外交と割り切っていれば、平気で謝りに出掛けただろう。

耕作は気が向くと、截《た》ちものをするぐらいで、家にいて針を持つことがほとんどなかった。その代わり、弟子を集めるのが上手だった。その時代、もう仕立物を習おうとする娘はほとんど東京にはいなくなっていた。耕作は伝《つて》を頼って地方の小、中学校を廻《まわ》って歩き、毎年、何人もの弟子を集めて来た。

それまでの仕立屋は徒弟制度だったが、どの仕立屋よりも早く学校制度に切り換えたのも耕作だった。今の村上ソーイングスクールもその制度を踏襲している。

耕作のもう一つの才能は仕事を集めること。各デパートや呉服店の店員や番頭を飲みに連れて歩き、どんな仕事でも取って来る。だから、耕作が帰って来るのはいつも夜中で、満足に家で食事をしたことがなかった。

毎年、年の暮になると、仕事場は品物の山となった。弟子達はその山と取り組み、元日の明け方までにはどうにか全てを消化《こな》すことができた。それも、耕作が傍にいるからで、弟子達をうまく誉《ほ》め、やる気にする術《すべ》を心得ていたのだ。

その耕作も一つだけ密《ひそ》かに劣等感を持っていたようで、それは自分だけでは仕事ができないということだった。その現れに違いない。耕作は昭介を京都の仕立屋に行かせ、五年間みっちりと腕を仕込ませた。その仕立屋は数多い京都の同業者の中でも名人と言われた職人だった。ただし、耕作はその後のことまで考えていたかどうか。

昭介は東京に帰ってみると、むさし屋の仕事が大いに不満だった。昭介の目から見ると、その仕立てはやっつけ仕事としか思えない。

昭介が京都から浩子を連れて来たことも耕作には不服だった。

耕作は一目浩子を見て、

「仕立屋の嬶《かか》あは、小柄でなきゃいけねえ」

と、言った。

実際、母親は小柄だった。母親の箪笥《たんす》には、軽率な耕作が截ち違えて仕返地になった反物《たんもの》がぎっしり詰まっていた。閑《ひま》になると、母親はその反物を仕立てて着て歩き、自分の好みの着物を買ったことが一度もなかった。

耕作が患ってからは、弟子は一人減り二人減りした。だが、昭介は人を集めることが下手

だった。そのとき、耕作は初めて、

「昭介に仕事を覚えさせるんじゃなかった」

と、気付き、それが心残りのまま死んでいった。

耕作が死んだ後には、何人もの女が出て来て、しばらく遺産問題で家がごたついた。百人近い弟子が寝起きできる黒門町《くろもんちょう》の家を処分したのもそのときだ。

耕作が昭介に遺《のこ》したのは、結局、丸伊勢の株だけだった。


人通りの少ない住宅地の一角に「渡頼四郎《わたらいしろう》」という表札を見付けて、昭介はやれやれと思った。

大谷石《おおやいし》の塀に囲まれた二階家で、鉄格子《てつごうし》の門の奥に黒い乗用車が見える。

昭介はインターホーンを押した。

しばらくすると、透明な女性の声が、どなた、と訊いた。

想像していた声とはかなり違う。昭介は娘か、と思った。

「丸伊勢の呉服誂部から来ました。裁縫店の者です」

「あら……」

相手は少し戸惑ったような声を出した。

「仕立てのことで?」

「ええ、今度のことでお詫《わ》びに参りました」

「……ちょっと、待って」

十秒ほどすると、同じ声が言った。

「ロックを解きました。門を押して下さい」

昭介は手を掛けると、門は軽く動いた。

広くはないが、手入れの行き届いた庭だった。黒く濡れた飛び石伝いに玄関へ。

ドアを開けると、足音がして着物の女性が現れた。

「どうぞ、お上がりになって下さい」

インターホーンと同じ声だった。

玄関の横の洋間へ。

「本当にいらっしゃったのね」

齢《とし》は四十前後、眉《まゆ》は細く眸《ひとみ》が大きい。色白の細面《ほそおもて》で、南部の茜絞《あかねしぼ》りの渋い暗赤がよく似合う。昭介は言った。

「この度は、全く私の不注意から手違いをしまして――」

「それならもういいんです」

と、相手は一息に言った。

「直して下さったのね」

「ええ、一応、お改めを」

昭介は風呂敷包みから畳紙を取り出し、紙紐《かみひも》の結びを解いた。

「夜分、伺うのは失礼かと思いましたが、早くお届けした方がいいと思い……」

昭介は相手が自分の手元でなく顔に視線を注いでいるのが判った。

「裁縫店の方だとおっしゃいましたね」

「ええ」

「じゃ、丸伊勢の店員さんじゃないのね」

「はあ」

「あなた、むさし屋さんでしょう」

「……ええ。でも、どうして？」

「昭介さんなのね」

「……どこかで、お会いしましたか」

「ひどい、わたしを忘れてしまうだなんて」

相手は優しく睨《にら》む真似をした。昭介は何を言っていいか判らなくなった。

「どうしたの、昭ちゃん。狐《きつね》にでもつままれたような顔になって」

「……あなたは？」

「当ててご覧遊ばせ」

相手はわざと切口上になった。

「でも、外れると承知しませんからね」

「……ヒントを」

「雷」

「……雷」

「蚊帳《かや》」

「……蚊帳」

「茅《ち》ヶ崎《さき》」

昭介は顔の汗を拭《ふ》いた。

「判りました。京藤《きょうふじ》の千津子《ちづこ》さん。いや、びっくりしました」

「びっくりしたのは、こっちよ」

「何年ぶりでしょう」

「昭ちゃんが京都へ修業に行ってしまったきり、会っていませんね」

京藤は同じ黒門町で店を開いていた呉服店だった。千津子は四つ年下、同じ呉服関係の仕事で、親同士が仲が良かったので、お互いによく出入りし、昭介は千津子を妹のように思っていた。

「ああ、どうしましょう」

千津子は頰《ほお》に手を当てた。上気した頰を隠すようなしぐさだった。

「選《よ》りに選って、昭ちゃんに謝らせるようなことをしてしまって……」

「でも、一応はお詫びを」

「その話はもう止《よ》しましょう。そういえば、むさし屋さんは丸伊勢のお出入りだったわね。すっかり気が付かなくて」

「昔のことですから」

「きっと、あの係の人、わたしのことを鬼婆あみたいに言ったんでしょう」

「そんなことはありません。今の若い子は礼儀を知らないもんですから」

「いいえ、きっとそうだわ。ああ、恥しい……」

「そういうとこ、昔と少しも変わらないね」

そして、千津子はやっと笑い顔になった。

「昭ちゃん、お食事はまだなんでしょう」

「うん。本当のことを言うと、最初、下高井戸の駅に出てしまってね」

「昭ちゃんらしいわ。そそっかしいのはお父さんそっくり」

「違うな。親父はおっちょこちょいだったけれど、僕は違う」

「そんなことより、ここじゃ落着かないわ。部屋を替えましょう」

「……ご主人は？」

「旅行中。明日でないと帰らないの。だから、遠慮しないで」

千津子は畳紙を抱えて、洋室のドアを開けた。

案内されたのは六畳の座敷。

床の間には花鳥の淡彩画、投入れには真紅の彼岸花《ひがんばな》。

昭介が茶だけで結構ですと言うのを聞かず、千津子は手早く紫檀《したん》の茶簞笥から錫《すず》のちろりを出し、長火鉢《ながひばち》の銅壺《どうこ》にコンセントをつないだ。

「お父さんがお酒好きなのを知っているわ。昭ちゃんもきっとそうなんでしょう」

「親父は酒と生命《いのち》を引き替えたのも同じだった。それを見ているから、深酒はしませんよ」

「お亡くなりになったのはいつ？」

「僕が京都から帰って来て、三年目でした」

「……そうだったの。ちっとも知らなかった。わたし達、昭ちゃんが京都に行っている間、黒門町を引っ越したから」

「そう、僕が京都から帰って来ると、京藤さんは違う店になっていた。最初、全く信じられなかったなあ。お店はうまくいっていたんでしょう」

「ええ。なぜそうなったか、お父さんから訊いた？」

「そう、何でも、番頭の柳《りゅう》さんが勝手に京藤さんの土地を売って、行方不明になってしまったんですってね」

「そうなの。内の父は柳さんを一番信用していたから、最後迄、何も知らなかった。嘘みたいでしょう」

「柳さんは京藤さんに小僧のときからいたんですね」

「そうなの」

「それなのに、なぜそんな大それたことをしたの？」

「それまで、お父さんはお話しにならなかった？」

「……聞いていない」

「考えてみたことは？」

「あった。けれど、さっぱり判らない」

「そうでしょうね。昭ちゃんは昔から鈍いところがあったから」

「僕が……鈍い」

「あら、怒った？」

千津子は真面目《まじめ》な顔だった。冗談を言っているのではなかった。怒っているのは、むしろ千津子のような気がした。

「でも、昔昔のこと。京藤の内のごたごたなんかここで蒸し返しても、ちっとも面白くないでしょう」

「いや、聞きたいな。僕は京藤さんがいなくなったのを知って、どんなに淋《さび》しかったか知れなかった」

「わたしなんか、もっとよ」

千津子はちょっと口をつぐんだ。そして、何かを決意した表情で言った。

「あのときのことは、もう、全部時効ね。いいわ。聞いてもらいましょう」

一度言い切ると、今度は寛《くつろ》ぐように坐《すわ》りなおして、千津子は昭介の盃《さかずき》に酒を注いだ。

「本当のことを言うとね。そうなった最初の原因は、あなただったの」

昭介は酒にむせそうになった。

「京藤さんが店を畳むようになった原因が、僕にですって?」

千津子は盃を乾《ほ》し、ちょっと笑った。淋しい笑いだった。

「じゃあ、わたしと柳さんが一緒になりそうだという噂《うわさ》は?」

「……はっきりそうだとは聞いたことがなかったけれど、雰囲気《ふんいき》としてそうだったでしょう。柳さんは京藤さんになくてならない人だったし、なかなか男前だったし、本当によく働いていた」

「そうね。内の父には男の子がいなかったから、当人もその気で一生懸命店を勤めていたと思うの」

「それが、どうして?」

「ある夜……確か、昭ちゃんが京都へ行った次の年のお正月だったわ。むさし屋さんのお父さんが内で父と飲んでいて、昭ちゃんを京藤の婿《むこ》にさせようという話が出たのよ」

「……………」

「むさし屋さんはこう言った。内の昭介の奴、京都に独りでいて淋しいのか女が出来たらしい。何でも大分年上だ。内の者は皆東京育ち、京都のそんな女と気心が合うまいから、それだったら千津ちゃんを嫁にした方がずっといい。それを聞いた内の父は、いや、千津は嫁にはやらない、婿を取って京藤を襲《つ》がさなきゃいけない、と言ったわ。すると、むさし屋さんはよし、それなら昭介を婿にやろうと胸を叩きました。それから、歌になって、むさし屋さんは大きな声で、さあさ、兜《かぶと》も錏《しころ》もいらっちもいらねえ、背負《しょ》ってけ持ってけ、ですって」

「……実に軽率だ。親父の悪いとこです。気を悪くしたでしょう」

「いいえ」

千津子はいいえと言ったまま、しばらく視線を宙に浮かせていた。

「勿論《もちろん》、二人とも酒の上での軽い冗談。翌日にはけろりとした顔で、そんなことはすっかり忘れてしまった様子。でも、わたしはそれを忘れることができませんでした。いきなり叩き起こされたような気持でした。そうだ、昭ちゃんと結婚することだってできるんだ。それまで、あまり近くにいたので、昭ちゃんと結婚することが考え付かなかったわけ」

「しかし……僕は」

「いいえ、ここまで喋《しゃべ》ってしまったんですから、最後迄言わせて頂戴《ちょうだい》。店の人達は柳さんが婿になって京藤を襲ぐ、と思い、わたしも何となくそんなものかなあと考えていたんですけれど、その日からはそうではなくなった。昭ちゃんと柳さんを較《くら》べれば、昭ちゃんの方がずっと好きだったわ。昭ちゃんも悪い人」

千津子は盃を乾し、頬に手を当てた。

「わたしが目の覚めたときにはあなたは遠くにいて、恋人を作って一緒になってしまいそう。わたしは焦ったわ。今考えると嫉妬《しっと》も混っていたみたい。わたしは何通も手紙を出したけれど、とうとう返事も来なかったわ」

「……あの時期、僕は本当に忙しかったんだ」

「傍に女の人がいて、生《な》まの声で、もっと熱い言葉を聞くのに慣れているもんだから、わたしの遠廻しの言い方の意味など判らなかったんでしょう」

「…………」

「ですから、内の父が、改めて柳さんをと言ったとき、どうしても首を縦に振ることができなかったわ。父は親ですから、娘が否《いや》だというものを無理にということはできないでしょう。否ならいいで済みましたが、柳さんの方はそれでは済みません。柳さんはわたしが裏切ったと思いました。それで、父の印鑑が自由になるのを利用して、柳さんは復讐したんです」

「……少しも知らなかった」

昭介は足元の地面が崩れていくような感じがした。自分が、鈍重な動物みたいにも思えた。

もし、何通も受け取った千津子の手紙に、その心を読み取っていたら――

「千津ちゃんの言う通りだ。僕は鈍い、間抜けな男だった」

そのときの千津子の悲しみを思うと、相手をまともに見られないような気持がした。

「だから、少しも面白くない話だと言ったでしょう」

「……それから、苦労をした？」

「若いときの苦労なんか」

「だったら尋ねに来てくれればよかった」

「何度か、黒門町へ行ったことがあるわ。その度に、むさし屋さんが元気付けてくれたの。無理矢理、お金を渡されたこともあった」

「……親父が？」

「ええ。今でも恩を感じています。昭ちゃんにも会いたかったけれど、京都から綺麗な奥さんを連れて来たということを聞いていたから、いつもそのまま――」

千津子は畳に置いてあった畳紙を解いた。着物の襟《えり》を持って立ち上がる。薄紫地の絹が軽く千津子の手に従った。千津子は着物を衣桁《いこう》へ広げ、元の坐《ざ》に戻った。秋草模様の友禅で、座敷が一度に華やかになった。

「これ、昭ちゃんが縫ってくれたわけ？」

「そう」

「矢張り、違うわね。お父さんがよく自慢していたわ」

「……でも、親父はそれが気に入らなかった」

「そうですってね。お父さんが、あれは若い癖に、今の時代には向かない男だと言っていたのを覚えているわ」

「そんなことまで教えたの」

「ええ。昭介の神さんになる奴は、きっとひどい苦労する、って」

昭介は耕作の深意が判ったような気がした。昭介の生き方を早く見抜いて、耕作は千津子に昭介を諦《あきら》めるよう、因果を含めたに違いない。そして現実はその通りだ。

千津子はしばらく秋草模様に目を遊ばせていたが、何を思ったのか、喉で笑い声を出した。

「わたし、酔うと笑い上戸《じょうご》なの」

「いいね、笑うのは」

「だって、昭ちゃんはちゃんと覚えていたでしょう」

「何を?」

「昔、茅ヶ崎の海で一緒に遊んだときのことを」

「うん。親父が一番景気のいいときで、茅ヶ崎に別荘があった」

小学生の夏、何日かを千津子と過した。

当時、別荘はまだ蚊帳が必要だった。ある夜、ひどい雷が鳴った。千津子はひどく雷を恐がって、昭介の床にもぐり込んで来た。昭介は一晩中、千津子を抱いて寝かせてやった。

「あら、困ったわ」

ふと、千津子が顔色を変えた。

「聞こえない？」

昭介は耳を澄ませた。昭介の耳にも、はっきりと遠くで雷鳴が聞こえてきた。

「まだ、雷が嫌いなの？」

「……意地悪」

「それで、何もなかったの？」

と、五藤が訊いた。

「何もありませんよ。品物を直しました、と言ったら、反《かえ》って恐縮されました」

「そうかい、そりゃよかった」

「五藤さんの話だと、好かない婆あだというような口振りじゃなかったですか」

「そう、きつくってね」

「ところが、大違い。静かな住宅地で、そう大きくはないけれど、家は立派。渡瀬さんは上品な南部絞りを着ていて、そりゃ綺麗な人でした」

「うん、とすると、矢張り内の女店員の応対が良くなかったのかなあ」

「そうですよ。それに違いありませんよ。渡頼さんは呉服のことをよく知っていましたよ。そんな無体なことを言う人とは思えませんでしたね」

「……そうかなあ」

「そうですよ。近頃の子は伝票の書き方でもひどすぎますよ。もっと、ちゃんと教育した方がいいですよ」

上野《うえの》駅の近くの居酒屋。

昭介は電話で閉店近く誂部に来るように言われ、そのまま、居酒屋に誘われたのだった。

昭介が下高井戸へ行ったときのことを話すと、五藤はすぐには納得しない顔をした。

「なにね、ちょっと気になったことがあったんだ。あの女は脅《おど》しの常習者じゃないかと思ったもんだから」

「常習者？」

「そう。あれからすぐ、デパート協会の会合があってね。それに出席すると、最近、似たようなお成りがデパートに出没していることが判ったんだ。金銀堂《きんぎんどう》さんや更藤《さらふじ》さんもやられている」

「…………」

「手口は同じなんだ。誂物を取りに来て、何だかんだと難を見付けては若い女の子を怒らせるようなことを言う。終《しま》いには声高になるから、係長などを呼ぶ。このとき、その女は持っていた針を品物の気付かないようなところへ入れてしまう」

「……………」

「巧妙なんだな。こっちは、売場へ品物が届く前に何度も検針機を通っている。直し物だから、ついうっかり検針をおこたってお成りのところへ届けようものなら大変だ。今度はすぐ針を見付けられ、奥からは彫物のあるお兄さんなどが出て来て吊るし上げさ。消費者婦人団体とかさ、連絡して事を大きくしようとするから、仕方なくなにがしかの金を渡して穏便《おんびん》に収めてもらう。その金額も向こうで指定するんだから、これは計画的なんだ」

「……違いますね。あの人はそんな人じゃありませんよ」

「だったら良かった。まるで、浜松屋《はままつや》だからね。ちっとも油断できないよ」

「ところで、良い品は相変わらず売れていないようですね」

「うん、駄目だね。私も無理にお成りへ勧める気にはなれない」

「なぜです」

「むさし屋さんも判るだろう。ここだけの話だが、あの手の値段、法外だよ。目茶苦茶だ。お成りが難癖を付ける気持が判るよ」

「そんなことを言うと、五藤さんだって、時代から取り残されているみたいじゃないですか」

「そうだ。あまりむさし屋さんのことを言えないな」

五藤は苦笑した。

「奥さんの工合《ぐあい》はどうだね」

「相変わらずです。陽気が定まるまで、仕方がないでしょう」

「あんたが真面目だから安心しているんだよ。女が妬《や》くと若返るってね」

家に帰ると、絹子が来ていて、大きなお腹を窮屈そうにして、お父さんご免なさい、と言った。

「どうしたんだ」

浩子が傍で言った。

「絹子が犯人だったんですよ」

「犯人?」

「そう、例の針の。ほら、加賀友禅から出て来た」

「……あれ、お前が?」

絹子が言った。

「ええ、さっきお母さんに見せられて、その糸の色で判ったの。この前、内で見えなくなってからずっと捜していたんだけれど……きっと、わたしの服に着いていて、お父さんの仕事場で落ちたんだわ」

「……何ということを。仕立屋の娘が」

「だから謝るために、お父さんの帰るのを待っていたの」

「まあいい。俺が見付けたから、それで済んだ」

「……それだけ？」

「それだけとは？」

「以前のお父さんなら、顔色を変えて怒鳴ったわ」

「……今日は一杯入っている。まあ、お前の運が良かっただけだ」

無論、怒ることができない理由は他にある。

五藤の話を聞いて、真逆《まさか》とは思ったが、事情があまりにも似すぎている。そのもやもやしたものが、絹子の話で吹き払われるとは思わなかった。

「その針はどうした」

「もう大丈夫。しっかり持って、帰りますから」

「ちょっと、見せてみろ」

絹子は蟇口《がまぐち》を取り出し、油紙に刺した針を取り出した。

紫の糸は引き抜かれていたが、細い針の針孔《めど》には目に見えない糸がからんでいて、それが切れそうで切れなく、千津子のもとに続いているように思えた。

「この針、もらってもいいか」

「……いいけれど。何にするの？」

「今度の針供養《はりくよう》のとき、観音様へお納めしようと思う」

昭介はその針を仕事場の小引出しの中へ、大切に蔵《しま》った。

簪《かんざし》

平打《ひらう》ちの銀簪《ぎんかんざし》。

頭部は丸に蔦《つた》の透《す》かし彫、可愛らしい耳掻《みみか》きが付いていて、反対側には松葉型の二股《ふたまた》の脚が伸びている。

古道具屋の膝元《ひざもと》に平らな木箱が置いてあり、簪はその中に古銭や煙管《きせる》、根付《ねつけ》などと一緒に投げ込まれていたのだが、なぜか気になって、ふと手に取ってみる気になった。

巣鴨《すがも》の刺抜《とげぬ》き地蔵の縁日は、年寄りの参詣者《さんけいしゃ》が多いせいで、露天商は午前中から店を開くが店仕舞いも早い。ようやく日が長くなった三月、まだあたりは明るい時刻だったが、隣の乾物屋はもう商品を段ボウル箱に詰め込んでいる。地蔵通《じぞうどお》りも庚申塚《こうしんづか》寄りで、ここまで来ると参詣者もまばらになる。

その、露天商の途切れるあたりに、何軒かの古道具屋が道に品物を並べているのだが、あまり大した品があるわけではない。その道具屋の商品もちびた鉋《かんな》や鋸《のこ》などの大工道具、鉄瓶《てつびん》、虫眼鏡《むしめがね》、懐中時計、鞄《かばん》に革ジャンパーと取り止めがない。大体、もの珍しそうに足を止める客はあっても、売れているところはあまり見掛けない。白髪《しらが》混りの無精髭《ぶしょうひげ》を生やした親父もほとんど無愛想だ。

妙なもので、近くにある神社仏閣はどうも有難味が薄く感じるものだ。敗戦後、神田《かんだ》を焼け出された私の住まいは大塚《おおつか》になった。近所にいる刺抜き地蔵の納所《なっしょ》に出入りの炭屋から、刺抜きの護符を作る秘法を聞いたりして、だから余計に信仰心がない。ただ、散歩にはちょうどいい道なので、その日も混雑が一段落するころを見計らってぶらりと地蔵通りに出てみたのだ。

手に取った簪をよく見ると、丸に蔦の紋の形がまことに良い。

私は紋章上絵師《もんしょううわえし》で、同業者に較《くら》べると怠け者《なまもの》だが、一応は本職。紋を見る目だけは持っている。蔦というのは多くの人が知っている代表的な紋といっていい。だが、実際に描くとなると、このくらい形の取り方の難かしい紋は少ない。同じ上絵師が描いても個性が出る紋で、自分が描いた紋なら、サインなどなくても見分けることができる。

昔の人は衣服や暖簾《のれん》に限らず、簪や印籠《いんろう》などの持ち物、樽《たる》や桶や下駄にまで紋を着ける癖があった。それだけに、中には杜撰《ずさん》な紋も多いのだが、ここで手にした簪は輪のバランスも整い、五葉の蔦の葉の形の配置が美しく、蕊《しべ》という葉脈の曲線が細く力強い。

――錺《かざ》り屋《や》だけの仕事じゃないな。本職の上絵師に下絵を頼んだのだろう。

そう思ったとき、つい簪を取り落としそうになった。全く同じ言葉が、突然呼び起こされたからだ。

亡くなった父がそう言った。四十年も前、その簪を持っていた父は今の私より若かったはずだ。

道具屋はかなりいい値を言い、

「延べ銀ですからね」

と、付け加えた。

金と引き換えに茶封筒に入れられた簪を受け取ると、普段なら素通りするお地蔵さんに賽銭《さいせん》をあげて手を合わせ、急いで家に戻った。

簪は長い間、埃《ほこり》と脂《あぶら》にまみれていたようで、葉脈にこびり付いた黒い汚れは洗剤などではびくともしなかった。そこで、古銭用のクリーナー液の中に漬け込む。これは強い酸の臭いがするから、すぐ母がやって来て私の手元を覗《のぞ》き込む。

「また、物好きが始まったね」

母にこの簪に見覚えはないかと訊いた。母は全く知らないと答えた。

「花扇《はなせん》さんの紋を覚えているかい?」

「神田の花屋さんかい」

「ああ。確か、光江《みつえ》さんの一つ身は家《うち》で紋を入れたんじゃなかったかい」

「……古いねえ。忘れたよ」

「じゃ、京屋《きょうや》の梅《うめ》さんは覚えているだろう?」

「ああ。足が悪かったが、背が高くて良い男の」

「戦災の後、梅さんが竜《りゅう》ケ崎《さき》へ尋ねに来てくれたことは?」

「……そんなことがあったかねえ」

とすると、そのときたまたま母は竜ケ崎の家にいなかったのかも知れない。

父が感心して見ていた簪は、神田の家の二軒先隣りの呉服屋、京屋の若い衆、梅さんが、はるばる疎開先《さ》きの竜ケ崎まで持って来たものだった。当時のことだから、その簪は母の記憶に残らぬまま、すぐ、米に換えられてしまったに違いない。

梅さんが焼鳥屋になったのを覚えている。

今、考えると呉服屋と焼鳥屋とは妙な組み合わせだが、戦争をきっかけに、東京の街は急激に変化していった。そのときのことだ。

通りに目立つ金属製の看板がなくなる。家の外装は銅だったが、すっかり剝《は》がされて、後に白っぽいモルタルが塗り直された。金属製品がみるみる姿を消し、衣料も統制され、デパートも限られた階しか開店しなくなった。若い者が片端から徴兵される。京屋の梅さんは小《しょう》児麻痺《にまひ》で少し足を引き擦る身体《からだ》だったから、徴兵を免《まぬか》れて最後迄《まで》京屋にいたが、商売にする衣服がなくなったので、店の半分を改造して焼鳥屋を始めたのだ。

この焼鳥屋は評判が良かった。男前の梅さんを見に、遠くから若い女性が買いに来るという噂《うわさ》だった。だが、それも長くは続かなかった。食料が配給制になり、飲食店はやっていけなくなったのだ。そうなると人間は卑《いや》しくなるようで、限られた日に店を開く食堂の前には、うまくもない雑炊《ぞうすい》を食べるための長い行列が出来たものだ。とにかく、何か行列があると一応は並んで買っておく、それが街の人達の習性になった。

呉服屋も商売にならないほどだから、勿論《もちろん》、紋章上絵師の仕事もなくなってしまい、父は品川《しながわ》にある工場に勤めることになった。近所の花屋、花扇の主人と同じ工場だった。それで、花扇さんの光江さんと梅さんのことが早くから私の耳に入った。

「この時世だからね。惚《ほ》れた腫《は》れたが噂になっちゃまずい」

と、父は母に言った。

「そうならないうちに一緒にさせたらどうだと言ってやったんだが、光ちゃんはまだ十六、花扇さんもまだ手放したくはない。梅さんが婿《むこ》に来るなら別だけれど」

「梅さんがうんと言うかね」

「難かしいな。梅さんはいずれ京屋の暖簾を分けてもらうつもりだろうし」

「このごろ、ちっとも良い話がない。うまくいくといいんだけれどねえ」

「そう、花扇さんも随分苦労したから」

花扇は角見世《かどみせ》の大きな花屋だった。店の中はいつも打水されて水水しい緑と花の中で何人もの若い衆が働いていた。店は大きかったが花扇は早く妻に先立たれた。娘の光江さんがまだ歩き始めないうちだった。後妻を勧める人は何人もあったが、花扇は一切耳を貸さず、店の傍《かたわら》、長男と光江さんを育て上げた。長男は戦争が始まるとすぐ士官学校に入り、その年には軍人として外地に出征していた。だから、父娘《おやこ》の間が固いのは当然だった。

「お母さんもそりゃ綺麗だったからね。梅さんが夢中になるのも当然だね」

と、母が言うと、父は実はそれが逆なのだと言った。

「惚れてしまったのは光江さんの方なんだとさ。花扇さん、頭を痛めているよ」

「まあ……梅さん、果報だねえ」

その後、二人の話はどう進んだかは判《わか》らない。私達は茨城県の竜ケ崎へ疎開して行ったからだ。

昭和十九年の夏、国民学校（当時の小学校）三年生以上の児童が集団疎開した後、近所は火の消えたようになってしまった。最初、田舎《いなか》を嫌がっていた母も、こうなっては東京も田舎も変わりはないと、父の意向に従うことになった。

といって、父も母も東京育ち。田舎に親戚《しんせき》があるわけではない。父は知り合いの伝《つて》を求めて、竜ケ崎に小さな家を借り、一先《ひとま》ず母と私と弟をそこに住まわせることにした。父は独り残って工場に勤めなければならなかった。私が二年生、弟が一年生のときだ。

疎開地で元気だったのは弟だけだった。弟は制約の多い都会でいつも頭を押え付けられていたから、広広とした土地で悪さの限りを尽くした。母は食物を求めて一日中農家を尋ね歩き、識《し》らない人に頭を下げる毎日だったし、私は水が変わったのか、身体中に発疹《はっしん》が出来て、一時は熱まで出て寝込んだこともあった。

その年も暮れ、本物の冬の寒さを経験してその冬を越し、どうにか疎開の生活にも慣れた三月、東京方面の空が真っ赤に焼け爛《ただ》れるのを見た。たまたま、父は休暇で竜ケ崎の家にいたので、空襲の恐ろしさだけは免れたのだが、まだ東京に残っていた親類や隣近所の人達の安否が気掛かりでじっとしていられないようだった。そんなとき、ひょっこりと京屋の梅さんが竜ケ崎の家へ尋ねて来たのだった。今、その日の記憶ははっきりしないのだが、東京が焼けた直後だった。

梅さんは戦闘帽に国防色の服、ゲートルに軍靴《ぐんか》という当時の一般的な服装で、ズックの雑《ざつ》嚢《のう》を肩に掛けて、悪い足を重そうに引き擦っていた。

空襲で京屋が焼けてしまい、東京で身を寄せるところがなくなったので、郷里の仙台《せんだい》へ帰る途中、竜ケ崎に私達が疎開しているのを思い出して顔を見たくなったのだ、と梅さんは言った。竜ケ崎へ尋ねて来てくれた、ただ一人の識《し》り合《あ》いだった。私達は懐しがってぜひ泊って行くように勧めたのだが、梅さんは行く先のことが気掛かりでそうしてもいられないと言い、知っている限り、東京の状態を話してくれた。梅さんの話で、一応知人に死亡者がなかったのでほっとした反面、この空襲がいつまた来るか判らない。東京の中心地は焼野原で、更に敵は絨毯《じゅうたん》爆撃ということを言い、東京中を焼き尽くすのだという。

そして、梅さんが帰り際に、気重そうな態度で、雑嚢の中から取り出したのが一本の銀簪だった。

梅さんはその簪を父の前に置き、これから郷里へ帰ってもすぐ働ける見込みはない、ご覧の通り逃げ出すのに精一杯、着のみ着のままの状態なので、できることなら一銭でも多くの金を持っていたい。今、この簪は自分には必要のないもので、これをいくらでもいいから金に換えてもらえないだろうかと遠慮勝ちに言った。

それでなくとも、父は梅さんに同情していた。子供のときから京屋に勤めてもう一人前以上、本当なら嫁でも連れて故郷へ錦《にしき》を飾るべきであるのに、お国の為《た》めとは言いながら、焼け出されの丸裸同然で帰るのではあまりにも気の毒だ。父はそう言ってなにがしかの金を梅さんに渡した。梅さんは声を詰まらせたまま、大切に金を内ポケットに蔵《しま》った。

そのとき、父は受け取った簪を何度も打ち返して見ながら、

「しかし、良い仕事だね。本職の上絵師に下絵を描かせたのだろう」

と、言った。

父にしてみれば、長い間本職から離れて、上絵筆を持っていない。これから先、いつになったら上絵師の仕事に戻れるか見当も付かない。思い掛けなく平和時代の良い仕事に出会って、ある感慨を抱いたのだろう。同時に、ふとした疑いも持ったようだ。

「丸に蔦は梅さんの家の紋かね？」

梅さんはちょっと困ったような顔になった。口の中で梅さんがもぞもぞ言うのを見て、父はすぐ簪を机の引出しの中に入れてしまった。

確かに独身の男が女物の簪を持っているのはおかしい。だが、父はそれ以上、何も言わなかった。

私は梅さんを駅まで送って行った。

列車はダイヤが乱れていて、長いこと待たなければならなかった。その待合室で、梅さんはぽつりぽつりと次のような話をしてくれた。

「お父さんは私が高価な簪を持っていたことを変に思ったようですが、何も言わずにお金を下さいました。ほんとうに気の優しい方で胸が熱くなっています。私も言い訳《わ》けがましくなるので、あの簪がどうして私の手に入ったのか説明しませんでした。でも、坊ちゃんには話しておきましょう。何かの折がありましたら、お父さんに梅がこんなことを話していたと教えて下さい」

梅さんはあの簪は元元、自分が持っていたものではなかったことを打ち明けた。空襲の次の日、ある人から言われて梅さんの手に渡ったのだが、その事情は大変に不思議なものだった。

空襲の日、梅さんは最後迄、京屋にいて家を守っていた、と話し始めた。

雨のように降り注ぐ焼夷弾《しょういだん》を叩き消し続けたのだが、そのうち近所の家に火が付き、火勢が強くなって手が付けられなくなり、着のみ着のままで京屋を後にした。火に追われ追われて、気が付くと隅田川《すみだがわ》で土手を走っていた。すると、反対側から来た町内の魚屋が、梅さん永代《えいたい》の方は火が烈《はげ》しくてとても駄目だと叫ぶので、再び道を引き返し、目に付いた学校の校庭に逃げ込んで、落ちる火の粉を払いながら一夜を明かした。

翌日、京屋に戻ってみると、もうあたりはすっかり焼野原で、どこがどうかも判らない。ただ、近くの花扇には水を多く使う商売柄、井戸があって、その井戸だけがぽっかりと黒い口を開けていたので、やっとそこが花扇の跡だと知ることができた。

井戸のポンプは焼け落ちて痕形《あとかた》もなくなっている。昨日から何も食べていなかったが空腹感はない。喉だけが乾くが、井戸から水を汲《く》み上げようという気力も起こらない。焼跡を見に来る人も集まるのだが、ほとんど声も出ない。

梅さんは呆然としてただ井戸の傍《そば》にしゃがんでいるうちに、日が暮れかかった。

頭の中が空《から》になったようで、梅さんは眠るとはなく、つい、とろとろとしたようだ。何時間そうしていたのか判らないが、はっと我に返ると、すっかりと日が落ちていたが、あたりは靄《もや》でも掛かったように白っぽい。

「その中に、花扇の光江さんが立っていたんです」

と、梅さんは眩《まぶ》しそうな目をして言った。

光江さんに再会した、と思うだけで、胸が一杯になり、お父様はご無事ですか、今どこに落着いていらっしゃいますかと訊きたいことは山ほどあるのに、口を開こうとすれば涙が先きで、普段無口な性格をこのときほど口惜《くや》しく思ったことはなかった。

焼跡に立っている光江さんを見ると、いつものように元気そうでどこにも怪我《けが》をしている様子がない、ばかりでなく、芝居の花道に立っているような艶《あで》やかさだった。きちんと島田に結った細面《ほそおもて》の顔は透けるほど白く、くっきりとした切れ長の目に赤い唇《くちびる》。着物は目の覚めるような蝶《ちょう》の友禅《ゆうぜん》模様に赤い帯、素足に黒の塗下駄には埃一つ付いていない。天上からそのまま焼跡に降り立ったとしか思えない姿で、女性といえば言い合わせたようにもんぺ姿の時代だったから、梅さんは夢でも見ているのではないかと疑った。

光江さんは梅さんを見ると嬉しそうに傍に寄って、訴えるような表情になり、ぜひ頼まれてもらいたいことがある、と言った。

無論、出来ることなら何でも言って下さいと答えると、光江さんはちょっとあたりを見廻《みまわ》し、低い声で、あなたにだけ打ち明けることですが、実は家を焼かれるとき、わたしは母の形見で大切にしていた櫛《くし》、笄《こうがい》、簪、帯留めや指輪などを一まとめにして桐の箱に入れ、火を受けないように家の井戸の中に投げ込んで逃げたのです。その箱を井戸から取り戻してもらいたいと言う。

これは一番信頼している梅さんだから頼めること。

戦時下、貴金属、宝石の類《たぐ》いは滅敵兵器増産に欠くことのできないものとして、一般家庭からの供出が強制され、指定百貨店で金属配給統制会社が買い上げていた。敗戦後はその行方に何度も黒い疑惑が持たれる結果としかならなかったのだが、当時は貴金属を隠し持っていることが判れば国賊と同じ扱いを受けた。

それは承知だが、小さいとき母を亡くした光江さんにとって、その形見は掛け替えのない品品だった。まして、一人の兄は戦争に行って、父親と二人だけの淋《さび》しい日日。若い娘が母の面影《おもかげ》を持つ品品は到底手放す気になれなかったのも無理はない。

それならご安心なさい。すぐその箱を取り戻しましょう。梅さんはそう言って、焼跡に転がっている針金や木片を拾い集め、曲りなりに梯子《はしご》のようなものを作って井戸の中に降ろした。

下町のことだから井戸はそう深くはない。といっても、手掛かりが粗末だから、梅さんは何度も落ちそうになりながら水面にたどり着いた。水面には焼けた木片などが一杯落ち込んでいたが、光江さんの言う箱らしいものはすぐに見付かった。すると、喉の乾きを思い出して、梅さんは半身を水に漬りながら思うさま水を飲んだ。

見付けた箱を腰のベルトに括《くく》り、泥まみれになって井戸から這《は》い出すと、光江さんは心配そうに待っていて、箱が無事戻ったことが判ったとき、有難う、本当に有難うと何度も梅さんに礼を言った。梅さんはその声を聞いただけで疲れも寒さも忘れてしまった。

桐の箱は偉いもので、外側は火や泥をかぶっていたが、蓋《ふた》を払うと中は一滴の水も通していない。雪のような木肌《きはだ》に鬱金木綿《うこんもめん》でくるまれた銀簪や蒔絵《まきえ》の櫛、ダイヤの指輪などがきらきらと光り輝いていた。

光江さんは優しい手付きでそれ等を確かめて箱に戻した。装いの道具は武士なら刀にも等しい。光江さんは女性の魂を取り戻したように顔を血の色に染めて、梅さんの両手を握り締めた。

いけません、お着物が汚れますと言うのも聞かず、光江さんはその手を懐《ふところ》に深く導くと、梅さんの考えはぼやけて、五体は柔らかな花弁に包み込まれてしまった。

「光江さんが、いつその場所を立ち去ったのか知らないのです。目が覚めたときには空が白んでいました」

と、梅さんはさも残念そうに言った。

「落着いて思い返すと不思議なことばかり。第一、まだくすぶりも残っているような焼跡へ、若い娘が着飾って来るという自体がわけが判りません。道の上にも焼け落ちた瓦礫《がれき》の山で、どこも普通に歩ける状態ではなかったんですからね。もしかして、夢でも見たのではないかとも疑いましたが、夢でない証拠には、私が作った急拵《きゅうごしら》えの梯子もちゃんと井戸の中に降りている。それに、何より空事でないのは、私の傍に井戸から拾い上げた桐の箱がちゃんと置いてあったんです」

「すると、光江さんはその箱を持って行かなかったの？」

と、私は訊いた。

「ええ、そうなんです。あんなに大切にしていたものを置いて行ってしまうはずはないでしょう。中を改めると、昨夜《ゆうべ》見た品品がそのままになっている。その日は一日中光江さんにその品を返そうと、心当たりを尋ね廻ったんですが、誰も花扇さんの親子を見たと言う人はいませんでした。翌日も、翌翌日も足を棒にしたのですが、矢張り無駄でした。中には、花扇さんの親子は手を取り合って逃げて行く途中、直撃弾に合って死んだというような不吉なことを言い出す人も出て来る始末です」

不自由な足を引きながら、光江さんの姿を見付けようと、焼跡から焼跡へ歩き続けている姿を想像して、私はとても梅さんを気の毒に思った。

「あの焼けた東京のどこかに光江さんがいると思うと、とても東京を後にすることができませんでした。けれども、私もこれから生きて行かなければなりません。生きていれば、きっと光江さんにも会える。そう言い聞かせて、私は一時故郷へ帰ることにしたのです。そこで生きていくには、背に腹は替えられませんでした」

梅さんは鼻を詰まらせた。

「勿論、見ず知らずの人に光江さんのものを売ることなどできません。それで、お父さんに無理をお願いしたわけなんです。なに、身体さえあれば、一生懸命働いて、きっと何倍もの値段であの簪を買い戻すことができるでしょう。光江さんも、私が困っていることを知れば宥《ゆる》してくれると思います」

そのうち列車が来た。

梅さんはきっと神田に戻って来る。坊ちゃんもそのときまたきっと会いましょうと言って別れた。列車は超満員で、足を引き摺る梅さんの後姿はすぐに見えなくなった。

二、三日して、父は焼跡を整理すると言って東京へ行った。戻って来たのは夜だった。父は東京の空襲は想像以上だったと言い、

「花扇さんの親子がその日、直撃にやられたというのは確かのようだ。信用のできる何人もの人が、その現場を見た、と話してくれた」

と、顔を曇《くも》らせた。

「じゃ、梅さんの言ったことは、嘘?」

と、私は訊いた。私は梅さんを見送った日、梅さんの話を父に話したのだ。

父は疲れた脚をさすりながら、

「いや、帰る途中にも、そのことをずっと考えていたが、あの人は嘘を吐《つ》くような人じゃない。本当に光江さんと会ったのだろうね。光江さんは死んでも梅さんのことが忘れられず、自分が一番大切にしていたものを梅さんに渡したかったのだ。そういう不思議な話は、まだ色色と聞いた」

と、言った。

巣鴨の縁日で手に入れた銀簪は、薬液から取出して水洗いし、重曹《じゅうそう》で磨《みが》きあげると、鋭い銀の色を放つようになった。

その簪が、京屋の梅さんから父の手に渡った簪と同じだという気がしてならない。もっとも紋の記憶は曖昧《あいまい》で、今となっては花扇さんの家の紋が丸に蔦だったという確認もできなくなってしまった。

しかし、感情は最初からそうに違いないと確信していた。手に入れたのが縁日だからだ。この巡り合わせはお地蔵さんの引き合わせだと思ったから、俄《にわか》信者になってお参りする気になったのだ。

あれほど約束したにもかかわらず、あれ以来、梅さんとはとうとう再会することがなかった。

蔭桔梗
かげ き きょう

格子戸《こうしど》を開けて、横尾《よこお》が沈丁花《じんちょうげ》の匂いと一緒に入って来た。

「もう、世間は春なんだね」

横尾は珍しく紺の背広に棒縞《ぼうじま》のネクタイをきちんと締めている。玄関横の六畳の仕事場に入ると、持っていた手土産《てみやげ》を章次《しょうじ》の横に滑らせた。

「何ですか。今日はいやに他人行儀じゃないですか」

横尾はそれには答えなかった。

「どう、仕事の方は？」

「真冬でかじかんでいますよ。一向に春は来そうにもない。僕は昔ながらのやり方しかできませんから」

「お互いにね。それなら、よかった」

「……内が閑《ひま》なのを偵察に来たんですか」

「そうじゃない。そこを見込んで、頼みたいことがあるんだがね」

「先輩に頭を下げられると恐いみたいですよ。できないことだったらどうしよう」

「できること。閣田《かくた》さんが一番得意なこと」

「じゃ、あれだ。口では言えないことだ」

横尾はそこで初めて笑った。語尾がうふっと籠《こも》るようになる独得の笑いだった。横尾はその調子に乗るように切り出した。

「実はね、今度、引っ越すことになったんです」

「へえ……そりゃ、初耳だ。それで、今のところを全部引き払うわけですか」

「全部ったって、十坪ちょっとの借地なんだがね。荷物だけはすっかり運び終えて、それで、冬も春もなかったわけなんだ」

「じゃ……ずっと前から決まっていたんですね」

「そう。去年の秋から。別に隠していたわけじゃないが、四代も続いた家を私の代で江戸払いさせられるんだもの。みっともなくて誰にも喋《しゃべ》る気にはならなかったね」

「……とうとう。横尾さんのところも、ですか」

横尾の家は、神田紺屋町《かんだこうやちょう》で代代続いている紋章上絵師《もんしょううわえし》だった。戦前は章次の家も同じ町内にいたが、戦後、今の新宿下落合《しんじゅくしもおちあい》に移った。離れていても同業者だから会う機会は多い。最近、横尾と話すと、神田は実に住み難《にく》い町になってしまった、と腹を立てることが多かった。昔からの識《し》り合《あ》いが、潮が引くようにどんどん引っ越して行くというのだ。特に小さな商人や古い職人が往生している。章次の古馴染《ふるなじ》みも、神田に残っているのは五本の指で算《かぞ》えられるか、どうかだった。

早晩、横尾も神田にいられなくなるなとは思っていたが、はたして来るものが来たという感じだ。

「でも、横尾さんは今までよく頑張って来たと思いますよ」

横尾の白髪《しらが》が目立つようになっているのに気付いて、章次はそのぐらいのことしか言えなかった。

「そうだねえ。車は煩《うるさ》い、買物は不便、気の合った者はいなくなるし、夜は酔っ払いだらけ。かと思うと休日には人がいなくなってまるで廃墟だ。人の住めるところじゃねえや」

「でも、神田にいれば、花のお江戸のお職人で通るわけでしょう」

「言うことが古いね。若いのに」

「もう、若くはありませんよ」

「いや、こっちから見ればまだ若い。が、閣田さんの言う通りだ。よく考えると、そんなことがとっくに通用しなくなっているのに、その幻影にすがっていただけなんだな」

「で、どこに越すんですか」

「……千葉県の稲毛《いなげ》。妙な縁だねえ。昔、潮干狩に行ったことがあるんだ。駅を降りても何にもなくて、すぐ海だったのを覚えているよ」

「稲毛だったら、もう東京と変わらないじゃないんですか」

「そう、驚いたねえ。いくら南に向かって行っても海がないんだ。全く、日本の土地ってのは化け物だ。それも、発狂した化け物だよ。紺屋町の、あの猫の額みたいな土地が、いくらになったと思う？」

「想像も付きませんね」

「私だって、まだ信じてやしない。こんな調子じゃ、もう、神田で働こうとする者は一人もいなくなるね。同じ占領されるんだったら、敗戦のとき、アメリカの領土にされていた方がまだましだったと思うよ。札束で負けるよりはさっぱりしているものね」

「……じゃ、仕事の方は？」

「廃業だよ。知らない土地に行って、新規の得意を探すほど若くはない」

「内の親父は早死でしたが、祖父は八十になるまで筆を持っていました。横尾さんなら、あと二十年近く働ける勘定です」

「そりゃ、君んところは跡継ぎがしっかりしていたからさ。内の息子は証券会社だし、娘は嫁に行ってしまった。だから、もう隠居でいいんだ」

横尾の言うことは人事《ひとごと》ではない。立場は章次の家と同じだった。横尾は言葉を改めた。

「最初に言った頼みというのは、私の廃業についてなんだが、闇田さん、私の後銀座《ぎんざ》の〈きぬ本《もと》〉の仕事を請けてくれないか」

「……きぬ本、をですか」

「なに、きぬ本だって昔ほど仕事が出るわけじゃない。閣田さんが朝飯前《あさめしまえ》にこなせる程度だ」

「でも、きぬ本には紋久《もんきゆう》さんも入っているんでしょう」

「そう。ところが、紋久さんの方はとっくに印刷紋に切り換えてしまった」

「印刷紋だって、今は綺麗に上がるんでしょう」

「しかし、きぬ本には手描きでないと承知しない誂長《あつらえちよう》がいるんだ。安物はともかく、高級品は絶対に紋久さんへは廻《まわ》さない。私が廃業を言いに行くと、それは困ると言う。稲毛などは目と鼻の先《さ》き、たとえ九州でも沖縄でも、私が行くところなら宅配便で仕事を送り付けるとさ。こっちは、すっかりやる気をなくしているのにさ」

「それで、僕に白羽の矢を?」

「そう。閣田さんなら働き盛りだし、お世辞じゃないが腕も一番。昔ながらの仕事で、いい工合《ぐあい》にそう忙しそうでもない」

章次は苦笑した。

「閣田さんも昔、きぬ本に出入りしていたから、向こうの様子はよく知っているよね」

「ええ」

「仕事に煩いくらいだから、悪くない工料を出すよ。問屋の仕事みたいに、印刷と同じ価《ね》、味噌《みそ》も糞《くそ》も一緒なんていうことはない。誂長は紋にも明るいよ。決して無理難題を吹っ掛けるようなことはしない。入っていて、悪いことはないと思う」

それは充分に承知している。きぬ本は銀座でも大きな老舗《しにせ》で、そんなことよりも仕事が判《わか》る店というのが職人には嬉しい。ただ、章次にはその場で承知できないことがあった。横尾はそこに一歩踏み込んだ。

「君の家の屋号〈生駒屋《いこまや》〉と言ったら、覚えている人が何人かいたよ」

「それは、親父かお袋のことでしょう。僕がきぬ本の使いをしていたのは二十代、ごくわずかな間でしたから」

「いや、誂長は君のことを知っているようだったよ」

「……今の誂長、誰なんですか」

「山本賢子《やまもとたかこ》。ほら、そのころは店に出ていた。看板娘で」

最初から不思議な予感がしていたのだが、そのとき、それがすいと現実と重なり合った感じだった。

横尾から渡されたきぬ本の書類に、住所氏名、屋号、始業年数、家族構成、取引銀行の口座番号など書き込み、午前中に家を出て銀座に向かった。

章次が一日置きにきぬ本に通っていたころ、まだ銀座の通りを都電が走っていた。それを思うと、ずいぶん昔に思える。生駒屋がきぬ本に入ったのは、もっと昔、明治時代のことだ。

章次の祖父が神田紺屋町に世帯を持って間もないころ、水谷《みずたに》と名乗る品のいい大店《おおだな》の番頭風の男が訪れ、男物黒羽《くろは》二重《ぶたえ》の紋入れを頼んで帰っていった。その品が仕上がるころ、水谷は紋入れを取りに来、すぐ、三度目に来たときはきぬ本の名の入った名刺を取り出して、店を名乗らなかった非礼を詫《わ》び、きぬ本の仕事をしてもらえまいかと祖父に言った。最初の仕事は生駒屋の腕を確かめるためだった。

今では想像することもできないが、当時の職人はいつも他人の仕事を見ては腕を競い合っていたようだ。上絵師達の間でも、あれは上、これは中という暗黙のランクができていて、祖父は人伝《づ》てにきぬ本の耳に入るほど良い腕を持っていたらしい。

きぬ本への出入りはそれから始まり、祖父から父へと引き継がれ、戦時中は一時中断したものの、戦後の岩戸《いわと》景気を迎えたとき、その忙しさに見ていられず、章次は高校を卒業するとすぐ父の手伝いをするようになった。その頃は母親が丈夫で外廻りを一人でこなしていた。章次がきぬ本へ使いに行くようになったのは、二十三、四のころだった。

きぬ本の誂加工部は店の横手から狭い階段を登った二階にある。

章次がスチール製のドアを押し、階段を登ろうとしたとき、二階から女の声が響いてきた。

「あんたのところじゃないと言うの？　この染みは明らかに血よ。それも新しいわ。そんなことも判らないの」

男の方の声は低くてよく聞こえなかった。

「大体、あんたのところの仕立は寸法違いは多いし、運針は粗いし、それじゃ内は困るのよ。既製品と同じに考えられちゃだめだって何度も言っているでしょう」

二十年ぶりに聞く山本賢子の声だった。章次はすぐには階段を登れなくなった。

すぐ、二階から大きな風呂敷包みを抱えた若い男が降りて来て、むっとしたような顔で外に出て行った。紺の背広にネクタイ。どこかの問屋の社員に違いない。

章次は一呼吸置いて、ゆっくりと急な階段に足を掛けた。

誂部《あつらえぶ》は昔のままだった。登るとすぐ、一枚板の幅広いカウンターがあり、その奥は頑丈な棚が並んでいて、忙しい時期になると商品はその棚にも収まり切れずカウンターの上まで押し寄せ、電話が鳴り通しで社員は皆血走った目をしていた。

むき出しの蛍光灯の下で、三十ぐらいの男が伝票を繰っていた。章次が名を言うと、男は奥の部屋に向かって誂長を呼んだ。

誂部はその社員と賢子の二人しかいないようだった。棚のほとんどは空いていて、二本の電話もひっそりとしている。

社員は奥に行くように言った。章次はカウンターを廻った。

賢子はデスクの上に、豪華な友禅《ゆうぜん》模様を拡《ひろ》げていた。

「生駒屋です。これから、よろしくお願いします」

「こちらこそ」

賢子は言葉少なに言って、章次が差し出した書類に目を通した。その指に結婚指輪が光っていた。

久し振りで会う賢子は四十三になったはずだが、美しく年を取ったなと思った。顔に丸味がでて、若いときの才気走った表情が消え、ほどよい照りが感じられる。二重の瞼《まぶた》の切れが深くなっていて、表情はより豊かそうだが、賢子はただ、

「結構です。お預りしておきます」

とだけ言い、書類を引出しの中に収めた。

「横尾さんから聞いているでしょうが、加工品はお届けします。ただ、運搬費が掛かります。支払額の五パーセント。それを差し引くことになります」

「判りました」

「支払日は毎月十日。納品は朝一時から五時まで。休みは毎週月曜日。ただし、祝祭日が重なったときと十二月は休みません」

それは昔と同じだった。だが、章次ははいとだけ言った。

「それから、納品伝票を買って下さい」

賢子は社員を呼び、何冊かの納品伝票を持って来させた。

伝票は六枚綴《つづ》りの形式で、一反《いったん》ずつ書き入れるようになっていた。昔は市販の伝票でよく、

何十反でも一度に書くことができたものだ。だが、コンピューターがどの会社にも設置されるようになってから、どの会社でも複雑な伝票を用い、納品者が煩雑《はんざつ》になっているのは知っていたから、改めて驚くようなことはない。

章次が伝票の支払いをすると、社員が領収書を書いた。

賢子はちょっと棚の方を見た。

「今日は仕事がありませんけれど、近い内売り出しが始まりますから、そのつもりでいて下さい」

それだけだった。

十分足らずだったが、外へ出ると、章次は疲れを感じた。それは、賢子も同じはずだ。

ある日、章次がきぬ本の誂部へ納品に行くと、誂部中がカウンターに集まっていた。当時、誂部の社員は常時五、六人いた。

中央にいるのが賢子で、仕立て上がった留袖《とめそで》をカウンターに拡げ、上気した顔で何か言っていた。

賢子は章次の顔を見ると、早口で言った。

「生駒屋さんが入れた紋、違っているのよ」

忙しい時期だったから、ひょっとして紋を違えることもある。そうすると大事《おおごと》で、章次はどきりとした。

「僕が……ですか」

「そうじゃないんだけれど、小河内《おごうち》さんが一応、生駒屋さんに念を押してくれたら、と言っているの」

章次は自分の間違いでないのを知ってほっとしたが、小河内の名を聞いて徒《ただ》では済まなそうな気がした。小河内は売場の部長。客扱いはうまいらしいが、職方の評判は最低。絶対に自分の落度を言わない、狡猾《こうかつ》な年寄りだった。

見ると、留袖には鶴菱《つるびし》が綺麗に入っている。鶴の丸を菱に崩した紋で、滅多にない紋だから章次はよく覚えている。一週間ほど前に納めた品だった。

「これが、違うんですか」

と、章次が訊いた。

「そう。本当は蔓《つる》花菱だったわ」

「伝票は鶴菱でしたよ」

「……伝票はわたしが書いたの」

そのときの誂長はぱりぱりした四十代の社員だった。

「伝票がそうなっているんだから仕方がない。山本さん、生駒屋さんに責任はないよ。そう小河内さんに言うんだね」

「……でも」

よく聞くと、その留袖を買った客は、きぬ本では上得意で、小河内とも古い馴染みだった。そのときも小河内が応対し、傍《そば》にいた賢子に伝票を書かせた。小河内はその客の着物の寸法や紋を全部記憶していた。ただし、小河内が紋名を言うとき正確に「つるはなびし」と発音したか「つるびし」と言ったかは、賢子は覚えがない。

蔓はラセン状の形、鶴とは形の上で似ても似付かないが、賢子は「つる」と言われたとき、疑いなく鶴を連想したようだった。

「これがね、鶴花菱と書いてあるんだったら、そんな紋はないから当然引き合うさ。だが、ちゃんと鶴菱となっているんだから、引き合うはずはないじゃないか」

誂長はそう言って、さっさと自分の場所に戻ってしまった。

賢子は章次に食い下がった。

「でも、そのお客が蔓花菱を誂えたのは、これが一度や二度じゃないんです。何人もいる娘さんの紋付きやお孫さんの初着。皆内で誂えているんです。紋屋さんだっていつも蔓花菱を描いているわけだから、鶴菱という紋が来たら、ぴんと来て、おかしいと言って来そうなものだ、と小河内さんは言うんです」

結局、小河内は強気なのだ。何しろ、相手は上得意で、店のためになる客なのだ。一反の紋の間違いぐらい、さっさと直せという腹でいるに違いない。だが、誂部では自分の手落ちではないから、易易《やすやす》と引き受けはしない。

章次は言った。

「そりゃ、僕は紋屋ですから、お客さんから直接紋の名を聞いたら、絶対忘れるようなことはしません。けれども、僕はそのお客さんの顔を見ていたわけじゃない。それに、伝票のお客さんの名など、職方はあまり気にしませんからね」

誂部の誰もが、章次の言い方が正しいと言った。

こんなとき、売場が下手《したて》に出れば、誂長もすぐそれに対処する気になる。半分はお前の方にも責任があるような言い方をされるからそっぽを向かれるのだ。

そして、いつも巻添えに合って被害を受けるのは職方の方だ。

章次は困り切っている賢子を見て、気の毒になった。

「いいですよ。僕が紋抜きをして、入れ直しましょう」

賢子は目を丸くした。

「そんなこと、できるんですか」

「かなり手間は掛かりますが、できます。忙しいから一週間はみてもらわないとね」

「……一週間」

賢子はまた顔を曇《くも》らせた。

「これを着て行く結婚式の日が決まっているんです」

「それは、いつ?」

「明後日《あさって》」

結局、その日は徹夜で留袖の紋を入れ替えることになった。

賢子からは無事納まった、と電話が掛かってきた。

「工料はおいくらかしら」

と、賢子が言った。

「伝票を廻しておいて下さい。紋抜きの工料表は誂部にあります」

「いいえ、わたしが払います」

「そんなことはないでしょう。部持ちにしないんですか」

「いいえ、わたしの責任ですから」

「……じゃ、うんと勉強しましょう」

「で、おいくら?」

「只でいいですよ」

「……それはいけないわ。わたしが困ります」

章次は今どき珍しい女性だと思った。

「いや、それでいいんです。その代わり、いつでもいいから食事に付き合って下さい」

紋抜きを知らないいほどだから、賢子は紋の知識はあまりなかった。章次は賢子と食事をしながら、固くならない程度に教え込むことにした。

「そんな間違いはよくあるんですよ。お客から言われたことがありませんか。家《うち》の紋は、お団子が三つ、だなんてね」

「あるわ。三つ星のことでしょう」

「ところが、本当にお団子の紋があるんだから、油断がなりません」

「まあ、そんな紋、本当にあるんですか」

「ええ。織田信長《おだのぶなが》が今川義元《いまがわよしもと》と戦ったとき、家来に向かって団子を三つ串刺しにして見せ、このように敵の首を取って参れ、と言ったのがそのいわれですってね。嘘か本当か知らないけれど」

「じゃ、由緒《ゆいしょ》正しい紋なわけね」

「ええ。それから、こんなのもある。水柏《みずがしわ》、なんてね」

「柏ならよくある紋ね。水柏というと、菊水《きくすい》みたいな感じかしら」

「ところが、大間違い。本当は普通の三つ柏のこと。地方の訛《なま》りで、三つ柏と言っているのを、水柏と聞いてしまったんだ」

「落語みたい」

「それから、ハナチチタなんての、どう?」

「……ハナチチタ。そうなると、さっぱりね。見当もつかないわ」

「正解は輪なし蔦《つた》。これも方言で、輪なしをハナチ、蔦をチタというの」

賢子は面白そうに笑った。

話しているうち、賢子は浮世絵や歌舞伎《かぶき》が好きで、自分では生花や茶の湯の嗜《たしな》みがある。和服にも関心が深かったので、その方面の仕事を選んだのだという。

賢子との仲が一年半ほど続いた秋口。その年は例年にない忙しさになった。

手仕事はいくら急いでみても、一定量以上の仕事をこなすことはできない。父親の時代のように、修業中の弟子がいるわけでもないので、就業時間を延長するしかない。

それでも、無理をして賢子との時間を割いていた。賢子もそういう仕事の性質はよく判ってはいたが、付き合い切れない日が続くと、不満を表に現すことがあった。

「一体、わたしと仕事と――」

古くから使い慣らされ、誰でも知っている標語みたいな言葉が賢子の口から出たとき、章次もまた紋切り型の悩みを体験することになった。

だが、それはまだ切実ではなく、一種の甘美さともなっていた。まだ拗《す》ねられることを楽しむだけの余裕はあったのだ。でなかったら、章次はもっと早い時期に、結婚を申し込んでいたはずだ。

章次の心積もりでは、その年の仕事が一段落したところで、賢子を家族に引き合わせようと考えていた。

ところが、その年の十一月、予期しないことが起こった。章次の父親が脳溢血《のういっけつ》を起こして倒れ、入院してしまったのだ。

病人の心配は勿論《もちろん》だが、仕事の負担が倍になって章次の肩にのしかかってきた。章次は仕事場の棚に山積みされた反物《たんもの》の山を目算して心を冷やした。これ以上、仕事を持ち込まれたら、毎夜徹夜をしても、年内に仕事は片付かない。

章次はきぬ本に事情を説明し、年内の仕事を断ることにした。きぬ本も相当困ったようだが、背に腹は替えられない。きぬ本は他の上絵師と掛け合い、そのとき紋久がきぬ本に出入りするようになった。それは後で判ったことだ。

きぬ本の方はそれで解決したが、まだどうしても断り切れない得意があった。章次は仕方なく深井《ふかい》という上絵師に交渉して、仕事を手伝ってもらうことにした。

深井は戦前、生駒屋で仕事を覚えた上絵師だった。大柄で腕力のある男だったが、居職に向いていないせいもあって、仕事が上手《じょうず》とはいえなかった。

深井はまだ一人前になる前に召集令状が来て兵隊になった。戦地では殊勲《しゅくん》を立てたようで、勲章を貰《もら》ったことがある。だが、紋の方の腕は止まったままで、敗戦後、一年経ってから南方から帰還し、今更弟子でもないというので、章次の父親が面倒を見て、杉並《すぎなみ》に家を見付けて深井を独立させた。

「戦争などなかったら、深井も一人前になっていただろうに」

と、父親はよく言った。深井を一人前として認めていなかったから、どんなに忙しくとも、父親は深井に仕事を廻したことは一度もなかった。

ただし、今度の場合は特別だ。

深井のところも年末をひかえて忙しいには違いないのだが、

「よろしい、若旦那《わかだんな》。何反でも引き受けますから、遠慮なく言い付けて下さい」

と、言った。

俠気《きょうき》は人一倍強い男なのだ。深井はその日のうち、家内を寄越《よこ》し、日限《にちげん》の迫った仕事を持って行ってくれた。

深井のお蔭《かげ》で、どうにかその年の仕事を間に合わすことができた。

その目鼻がついたころ、章次は賢子に連絡した。賢子は章次から連絡がなかったので、友達とスキーに行く予定を立ててしまったから、年内は会えないと言い、

「この間、薄紫地の無地の山繭《やままゆ》を納めたでしょう」

と、訊いた。

「紋は？」

「細輪に蔭の桔梗《ききょう》、一つ紋で」

「……そんなの、あったかな」

「あったわよ。忘れたの？」

「いや……思い出した」

それはまだ忙しくならないうちに、きぬ本から届いた荷の中に入っていたと思う。伝票には納期が書かれていなかった。そういう品物は手の空《あ》いたときでいいということだから、つい、延び延びになっているうち、父親の病気で身動きが取れないようになった。ただし、章次が描いた記憶はないので、深井のところに廻した一反だったに違いない。

「生駒屋さんが描いたんでしょう」

と、賢子が言った。章次はつい、うんと言ってしまった。きぬ本がこちらの事情を察して、出物を止めてくれているので、その上、下職に出しているとは言い難《にく》かったのだ。

それを聞くと賢子は刺《とげ》を含んだ調子で、

「いくら忙しいといって、ずいぶん乱暴な仕事をするようになったのね」

と言って電話を切ってしまった。

生駒屋の仕事を見慣れている者なら、深井の仕事は気に入らなくて当然だった。だが、章次は深井の人格までばかにされたように思い、段段と腹が立ってきた。

父親は入院したまま、まだ生死の間をさまよっている。その事情を知っていながら、仕事に難を言うとは不愉快だ。これが、客の手に渡って、その客から文句が出たのなら話は別だった。

七草が過ぎた明け方、章次の父親は意識が回復しないまま息を引き取った。

賢子はその葬儀にも顔を出さなかった。

初七日《しょなのか》が済むころ、今度は章次の工合が悪くなった。微熱が引かず、食欲がなく、胃が痛む。

医者は休養を勧めたが、章次はまだ若かった。一日も仕事を休まずに押し通した。

その代わり、とうとうきぬ本の仕事を続けることができなくなった。

賢子のことは絶えず心にあったが、自分から連絡する気にはなれなかった。今の章次なら、そんな無意味な真似《まね》はしなかっただろう。だが、若さが見栄や体面を重くみていた。賢子の方に詫びる気がなかったら、それでいいのだ、と痩我慢《やせがまん》を守り抜いた。

だから、それ以来、賢子と出会う機会は一度もなかった。

どうやら、その気持が二十年経った今でも、まだ尾を引いているようだ。

きぬ本に再出入《さいでい》りするようになって、一週間に二、三度は賢子と顔を合わせるようになったが、章次は事務的なこと以外、賢子に話し掛けることはなかった。賢子の方も同じで、他人が見れば二人が旧知の間だったとは想像することもできないだろう。

きぬ本の売り出しが一段落したときだから、再出入りして二週間ほど経った日、章次が誂部で納品していると、賢子が傍に来て言った。

「生駒屋さん、今、忙しい？」

「いいえ。もう、大分楽です」

「じゃ、頼みたいものがあるのよ。古物で悪いんだけれど」

「悪いなんてことはありません。何でしょう」

「わたしの着物。洗《あら》い張《は》りをしたら、紋が薄汚れているようなの。無地の一つ紋」

「それなら、わけはありません。紋洗いして描き直しましょう」

「じゃ、お願いするわ」

賢子は奥から畳紙《たとう》にきちんと包んだ反物を持って来た。

章次はそれを持って家に戻った。

仕事場で畳紙を開けると、ごく薄い藤色の山繭の着尺《きじゃく》だった。章次が若いころ、こうした山繭織りやラメ入りの織物が流行《はや》ったことがあったな、と思ったが、まだ深い意味は判らなかった。

反物を解いていくと、すぐ背紋が目に入った。

「……これは」

章次は背紋を見て顔をしかめた。

上品な薄紫地の上に、妙に黒黒とした紋があった。それは紋というより、べっとりとした汚れみたいだった。

「どこで、こんな仕事をさせたのだろう」

一目で、印刷した紋だということが判った。まだその技術が進んでいない時代のものらしく、細く均一で描かれるべき紋が、黒黒としたインキでなすりつけられている。

紋は細輪に蔭の桔梗だった。

それを見たとき、章次は不意を打たれたように、反物を手から取り落とした。

「あれは、賢子の着物だったのだ」

章次の父親が死んだ前の年、賢子は自分の着物を誂えたが、しくじった仕事の工料を自分で償《つぐな》おうとするほど物堅い女性だったから、正規の伝票を切って、普通の客として生駒屋にその品を廻したのだ。賢子個人のものと言えば、無論、職方は工料に手心を加えるだろう。章次なら只で引き受けたかも知れないが、潔癖な賢子はそれが嫌だったのだ。

それが裏目に出て、伝票に書かれた客の名など気にしない性格の章次は、それが賢子の品物だとは少しも思わなかった。運悪く父親の入院と重なり、その品は深井のところへ廻されてしまった。仕事に無頓着《むとんちやく》な深井は、そのころ、出廻り始めた印刷道具を手に入れ、ばりばり仕事をこなしていたに違いない。

——ずいぶん乱暴な仕事をするようになったのね。

賢子の言葉が甦《よみがえ》った。紋を見慣れた者が見れば、怒りたくなるのは当然だろう。

章次はあわてて深井に電話をした。

「昔の印刷？　だめですよ、若旦那。あのときのインクは全然違いますからね。いじればひどくなるだけです。そんな着物、うっちゃりもんですね」

と、深井は言った。

「高級品なんだがな」

「でも、古物は古物でしょう」

「なんとかしてやりたいんだ」

「若旦那、相変わらず親切だね。だったら、背返《せがえ》しをするしかないでしょう」

紋のある後身頃《うしろみごろ》を前身頃《まえ》に振り替えて、紋の部分を襟《えり》の中に入れてしまう。そして、背紋を改めて抜染《ばっせん》してから紋を描き入れる。その最後の手段しかなかった。

その品物を届けに行くと、賢子はしばらくの間、惚《ほ》れ惚《ぼ》れといった表情で新しく入れた紋を見ていた。

「さすが生駒屋さんね」

章次は自分の頰《ほお》が赤くなるのが判った。

「いや、僕なんかまだ親父の域にも行っていません」

「手間が掛かったでしょう。お値段は？」

「いや……頂けません。反対に、お詫びをしなければ」

「そう、悪いわね」

賢子は反物を巻きながら言った。

「お詫びって、どんなこと？」

「昔、あなたから叱《しか》られたこと。その意味が、今になってやっと判ったんです」

「……そう。あのときこれを見て、わたしは生駒屋さんが、伝統技術を捨ててしまったんじゃないかと思って、悲しかったの」

「僕には新技術を導入する勇気はありません」

「でも、……よかった」

「生駒屋も、僕の代で終りです」

「そうなの。昔のわたしが聞いたら、きっと悲憤慷慨《ひふんこうがい》していたわね。一本気だったから」

「同じですよ。僕だって、あなたからそんなことを言われて、つい、かっとしてしまった……」

「わたしは……ずっと、連絡を待っていたのよ」

賢子は巻き終った反物を奥に運び、戻って来て言った。

「洗張屋さんにも工料を勉強してもらったの。わたし、ずいぶん変わったでしょう」

賢子は初めて章次に笑顔を見せた。

「本当に、紋代はいいの？」

「ええ」

「じゃ、いつか、お食事をご馳走《ちそう》させてください」

弱竹《なよたけ》さんの字

今、書いている字のどこかに、弱竹《なよたけ》さんの癖が残っているかもしれない。それほど、弱竹さんの字が好きだった。といって、別に弱竹さんは有名な書家でも、偉い先生でもない。敗戦直後、船橋《ふなばし》で広告のびらを書いていた職人だった。

子供のころは、何かと影響を受け易《やす》い質《たち》で、最初は好きな漫画家の字を真似《まね》て、丸っこい字を得意になって使っていた。漫画字を書く今の子の先輩だった。小学生の上級に進むにつれ、活字が面白く、大日本雄弁会講談社《だいにほんゆうべんかいこうだんしゃ》の少年講談とか落語全集の活字を見習うようになった。当時の活字は今見ても懐しい。平仮名の丸みが、くどいほど強調されている。その癖、教科書の字や、習字の手本には一つも魅力を感じなかった。そのころから、臍曲《へそま》がりだったに違いない。

敗戦の翌年の一年足らず、戦災で東京を焼け出された私たち五人家族は、これも家を焼かれて船橋の海神《かいじん》というところに仮宅していた叔父一家の家に転がり込んでいた。

海神は船橋から京成《けいせい》電車で一つ目の駅で、砂地で松の多い土地だった。駅の間隔が短い一駅だから、その家から船橋駅へ出るには、京成電車を利用しても、歩いてもそう時間は変わらない。電車賃の節約のために、東京の中学校への通学には、朝は船橋駅まで歩く。ところが、帰りになると、歩いて戻る元気がない。なにしろ、慢性の栄養不良で、一日中飢えてよろよろしていた時期だ。

朝の通学は満員に加えて魚地獄。総武《そうぶ》線は魚の行商人で早朝からはち切れそう。魚を詰め込んだ籠《かご》やブリキ箱にぎゅうぎゅう押され、床は魚の膏《あぶら》でどろどろ。それに較《くら》べれば、帰りの電車は天国だ。うまくいくと、坐《すわ》って本を読んでいられる。それにしても、海神までは歩く気が起こらない。

京成船橋駅のホームに登ると、しゃがんで電車を待つ。今では全く姿を消した風景だが、そのころは五分の電車を待つにも、その場にしゃがみ込む人が少なくなかった。

しゃがむと、向い側に入って来る電車の車輪がよく見える。長い間、レールの枕木《まくらぎ》がそのままになっているらしい。電車の重みで、擦り減った鉄のレールが枕木の中にぐうっと沈み込むのである。雨の強い日など、溜まった雨水の中にレールが見えなくなるほど沈み込む。レールも枕木も車輪も、皆、くたびれ切っているのである。これで、よく脱線事故が起きないものだ、と感心する。もう一つ感心するのが弱竹さんの字だった。

ホームにはいろいろな看板が並んでいる。

大体は新聞紙半分ほどの大きさ（当時の新聞はタブロイド判だから、それを思ってはいけない。今の新聞）で、簡単な木の枠が付いていて、表面は白ペンキで塗られ、その中央に商店や会社や病院の名が黒黒と書かれている、といったもの。その他、紙のポスターなどもあるが、彩色《さいしき》や絵で飾られた広告は少なく、ほとんどが肉筆の、昔のびらという言葉がぴったりのものばかりだった。

　毎日、それを眺めているうち、そのいくつかは同じ人が書いた手蹟《しゆせき》だと判《わか》るようになる。その字の特徴を覚えると、京成船橋駅のホームの他にも、同じ字が見えてくる。小さな海神駅にもその人が書いた看板がひっそりと立っている。町の電柱や湯屋のびらにも同じ字を見付けた。その内の何枚か、左下にごく小さく「弱竹」という署名があった。まだ、弱竹を「なよたけ」と読む知識がない。「よわたけ」では力強い字とそぐわない気がする。それで勝手に「じゃくちく」と読むことに決めた。

弱竹さんの字に注意を向けるようになったのは、上手《じようず》で目立つという単純な理由だった。同じ場所に並んでいる看板の中で、格段に字が生き生きとしている。

次に、その字には独得の癖があって、それがいい絵を見るように好ましく感じられた。思いも掛けないところで、弱竹さんの字に出会うと、なにかほっとし、そして良い気持になるのである。大袈裟《おおげさ》に言えば、生きている喜びがわくのである。朝起きてから寝るまで、不自由の連続だったから、運が向かないと滅多に良い気持を味わえない。

看板の字では、芝居の勘亭流《かんていりゆう》や相撲字《すもうじ》がよく知られているが、肉太《にくぶと》で四角な弱竹さんの字はどこかそれらの流儀に通じる遊び心がある。違う点は、自由無碍《むげ》な筆遣いだ。勘亭流や相撲字はその個性が逆に書き手を縛り付けてしまうが、弱竹さんにはその束縛がない。前に四角な字、と書いたが、正確には底がやや広がった台形で、口構えの字などにその癖が顕著だ。と言って、何から何までその形の中に押し込めてしまおうとするような拘《こだ》わりはない。

筆遣いになると、これもまた太細を自由に書き分ける。最も変わっているのが筆端で、一の字を書くときの筆の下ろし方にそれが判然とする。習字の先生なら誰でも筆先《さ》きを上から斜め右下に下ろして力を加え、右に引きなさいと教えるはずだ。ところが、弱竹さんの場合、筆はほぼ水平に下ろされたまま力が加えられる。だから、普通の一の字は煙管《きせる》の雁首《がんくび》の形に似ているのに対し、弱竹さんの一は先きの部分が煙管の吸口《すいくち》の形になる。

ホームの看板などは、契約の期間があるようで、しょっちゅう新しい字に書き直される。白ペンキで古い字が消され、別の字が加えられる。弱竹さんの古い字と新しい字を見較べていると、書体が少しずつ変わっていく様子がよく判る。新しい字ほど、これまで述べたような癖がだんだんと強くなっているのだ。いつもその癖を好ましいと思っているので、その変化を見ていると、懐しく嬉しい気持になる。

弱竹さんは昔からのびら書きの職人ではないような気がする。本当の職人なら、腕は一定していて、いつも同じ字を書くはずだ。弱竹さんは元は別の職業を持っていたが、戦争でその職を失い、字が上手なところから、びら書きの仕事をするようになった。広告の字を書き馴《な》れていないから、最初のころは個性を押えていたのだ。それが慣れるに従い、筆が自由になっていった。でなければ、短い期間にこうも字体が変化するわけがないと思う。弱竹さんは少しでも魅力的な書体を作ろうとしている、向上心の豊かな人なのだと思う。

弱竹さんへの好意が深まるにつれて、自分の書体も変わっていった。意識して弱竹さんの字を真似しはじめたのだ。物真似というのは、当人以上に癖が強く出るもので、しばらくすると、本家以上の弱竹流の書き手となった。

あるとき、習字の時間に、しげしげと弱竹流の字を見ていた教諭が訊いた。

「君、どこかで字を習っているのかね」

間違いなく叱《しか》られるのだ、と思った。弱竹流の筆法は遊びの心がある。決して謹厳《きんげん》な字ではない。

字を習ったのは学校だけですと答えると、教諭は重ねて訊いた。

「じゃ、誰かの字が好きなんだな」

「はい」

「それは、何と言う人?」

「弱竹さん、です」

「じゃくちく？」

「弱い竹と書きます」

「……それなら、なよたけ、だろう」

「はあ」

「どんな人かね」

「船橋の駅とかの貼り紙や看板やびらを書いている人です」

「知り合いかね」

「いいえ。看板やびらでしか知りません。看板の隅に弱竹と書くときがあります」

教諭は有名な文学者か偉人の名が出るのを期待していたのかもしれない。弱竹さんがびら屋の職人だと判ると、ふうんという顔で傍《そば》を離れていった。ただ、教諭が気を悪くしなかった証拠に、弱竹流の字は秋の文化祭で、書芸の部屋に展示された。

・

京成船橋駅の南は広い闇市になっていて、その先きはもう海だった。

船橋の岸壁のあたりや、稲毛《いなげ》の海に遊びに行った記憶が残っているまま、その後、同じ場所に行ってみて、その広大な埋め立てに肝を潰してしまった。当時は京成電車もせいぜい二輛《りよう》編成、全てが各駅停車の鈍行だった。

学校の帰りは一駅でも船橋から京成電車に乗るという習慣になったもう一つの理由は、京成船橋の駅前にある闇市の中を見て歩き、時間を潰したいからだった。

船橋の家は、玄関の三畳と、次の四畳半、それに奥の六畳。そこに、三世帯、合計十三、四人がひしめき合っていた。そこに帰っても勉強する場所もない。こちらには居候《いそうろう》という引け目もあって、家にいれば何かと遠慮しなければならない。闇市が特に面白いというわけではなく、家で気兼ねしているより増しなだけだ。

今でも、どうかすると昔のニュースフィルムがテレビで写し出されると、闇市風景では例外なく人が群れをなしている。今の盛り場のようなショッピングの明るさや楽しさが全くなく、人人は虚《うつ》ろな目をし、黙黙としてただ歩き廻《まわ》っている。実に異様な暗さだが、その原因は最悪の住宅事情だった。家の中はただ狭苦しく、気を紛らすものが何もない。どんなに雑音がひどくとも、ラジオのある家はましな方だった。

闇市の中にはいろいろな香具師《やし》が人を集めている。

何匹もの蛇を取り出して見せる男がいる。今でも蛇の肛門《こうもん》のありかを知っているのは、この蛇遣いのお蔭《かげ》だ。

薬屋がいる。その薬屋は、煙草《たばこ》がいかに有毒かを証明するために、ある透明な液体を入れたコップの中に煙草を吹き込む。すると、液体はたちまちにどす黒い色に変色する。それを示してから、更にコップの中へ少量の白い粉薬を入れると、はい元通り透明な水に逆戻り。まるで手品だ。

そうかと思うと、イースト菌を売っている。このイースト菌を使うと、家庭でもふっくらとしたおいしいパンができる、と言う。しかも、メリケン粉に混ぜて作ったパン生地《きじ》の一部を取って置けば、イースト菌はいくらでも殖える。一度これを買うと、一生どころか子孫代代まで使い続けられるから、こんな安い買いものはない。

他では刃物を研《と》ぐ薬も売っている。これは新聞紙の上に薬をなすり、水に濡らすだけ。この上に使い古した安全剃刀《かみそり》を二、三度往復させると、新品と同じ切れ味になる。これこの通りと実演して見せると、剃刀はおろか、錆《さ》びだらけの庖丁《ほうちょう》までがぴかぴかとなり、柔らかい紙が音もなく二つになる。

出来たての石鹼《せっけん》というのがあった。石鹼は石油缶の中に入っていて、これを逆さにすると、四角な白い固まりが出て来る。庖丁でこれを石鹼の大きさに切って売っているのである。

その他、ガラス切りの道具、電気のなくなった乾電池を新品にする薬、下駄の鼻緒立て器。どれもが香具師の手に掛かると生き生きし、しかも決して高価ではない。そのうちのいくつかは誰かが買って来て、試してみると、これがうまくいったためしがない。イースト菌は膨らまない。香具師の言う通りに研ぎ薬を使っても、刃物の切れ味はさっぱりだし、石鹼は家に置いておくだけで大きさが半分に縮まり、しかも泡が出ない。

闇市には勿論《もちろん》、食べ物屋も多かった。

ところが、欠食児童だったにもかかわらず、一度しか屋台のものを食べたという記憶がない。わずかな小遣いでは、手が届かぬほど高価だったのだ。その、たった一度の経験が、実に惨憺《さんたん》たるものだった。

外が寒くなったころ、夜、家中が留守になるという。闇市で食事をして来なさいと言われ、母親から金を貰《もら》った。勿論、喜び勇んで一軒の屋台で支那《しな》そばを注文したのだが、これが臭くて食べられない。ガソリンが丼の中に飛び込んだらしいのだ。ところが、屋台の兄さんは見るからに恐そうな男で、文句を言うことができない。無理矢理にガソリン臭いそばを腹に詰め込んだ。そうした後でも、身体《からだ》の方は別に何でもなかった。胃腸も飢えていて、ガソリンなど苦もなく消化してしまったのだろう。

もっと酷い目に遭ったこともある。

闇市に一軒だけ本屋があった。無論、数多い本が揃っているわけではない。目の前に薄縁《うすべり》を敷いて、その上に一冊ずつの本がトランプの七並べのように置いてあるだけだ。

その後ろに腰を下ろしているのは、三十ぐらい。カーキ色の軍服に軍靴《ぐんか》、痩《や》せて無精髭《ぶしょうひげ》を生やしている割には、気の良さそうな顔付きの男だった。

その、名ばかりの本屋の前に立って見渡すと、どの本も薄く痩せていて、表紙もぺらぺらだ。ふと、足元にある一冊が捕物帳なのに気付いて、そっとその前にしゃがみ、表紙を開けた。目次には面白そうな題が並んでいる。本屋に何か言われそうで、びくびくしながら、最初の一ページをこっそりと読み通す。

その次の日はもう少し大胆になって、五、六ページを読んだ。それでも、本屋は何も言わない。何日かしているうち、本屋の前にしゃがみ、かなり長い時間を立ち読み（本当はしゃがみ読み）する癖がついた。

ある日、いつもの本屋の前に来ると、店番が違っている。いつもの復員兵のような男ではなく、若い女性だった。人のいい本屋でなく、相手の気心が判らない。まして女性だから、細かなことにうるさいと思わなければならない。

子供のころはそうでもなかったのだが、ときどき自分でも嫌気がさすほど、気が小さく、内向的で、いつも人の顔色を見ている、ひねこびた少年になっていた。

集団疎開が解散しても、元の東京へは戻れず、東京の友達とも遠く離れ、叔父の家族と同居生活。当分の間は父親の職が昔のように繁昌《はんじょう》する見込もないから、中学から高校へ進学する希望もない。希望がなければ勉強の張りもなく、成績はとめどもなく下がる一方だった。

言いたくはないが、そういう境遇で、朗らかになれるとしたら、聖人か与太郎のどちらかだ。

本屋の店番をしている女性は、少し小柄で、古びたセーターに紺のもんぺで、化粧はしていないが、よく見ると地顔は整っている。それだけ、近寄り難《がた》い感じだった。

何冊かの捕物帳のうち、一冊が薄縁の隅にあるのを見付け、さり気なくその傍にしゃがんで本を手に取ってみる。店番の女性はそれに気付かない。自分でも店の本を読んでいるからだ。

とにかく、最初でもあるし、適当な時間を見計い、読んでいた本を途中で閉じようとしたとき、頭の上で声がした。

「ちょっと、それを見せな」

見上げると、目がぎょろりとして咥《くわ》え煙草、派手な縞《しま》の背広のポケットに手を突っ込んでいる。裸になれば身体に彫物が入っていそうな男だった。

急いで本を渡すと、男はろくに表紙も見ず、

「姐《ねえ》ちゃん、これを貰おうか」

と、ポケットから紙幣《しへい》を取り出して、女性の前に放った。

「姐ちゃん、只読みに何も言わねえと、癖になるぜ」

悪いことに、その男と目が合ってしまった。

「この、餓鬼《がき》は。不景気な面《つら》をするねえ」

肩を突かれて、思わず後ろにひっくり返った。足が痺《しび》れていたのだ。

「判ったか。買いもしねえものに手を出すな」

弾みで転がっていった帽子を拾い、慌ててその場から逃げ出した。

遠くからでも、あの捕物帳の表紙は井川洗崖《いがわせんがい》だということが判る。少年講談で馴染《なじ》みの画家だ。好きな画家が表紙を飾っているその捕物帳がたまらなく欲しくなった。

あのことがあってから、闇市の本屋には近付けなくなった。どこからあの恐い男が出て来るか判らないからだ。ただ、遠くからは見る。そしてその捕物帳を見付けた。欲しくなると、すぐにでもその本が他人に売れてしまうような気がする。すぐ家に戻り、正月の小遣いの前借りをして闇市に引き返す。

店番の人に顔を覚えられていたら恥かしいと思う。あのとき、背を小突かれて転んだことより「不景気な面だ」と言われた方が屈辱だった。自分はそんな貧相な顔をしていたのか。それも、若い女性の前で大声で罵《ののし》られたのだ。

だが、あれから何日も経っている。店番の人も本に夢中だった。只読みの子の顔を見たのは一瞬で、とうに忘れてしまったに違いない。

本屋の前に立つと、その本はまだ元の場所にあった。どきどきする胸を押えて、そっと本を手にする。

「あら……」

店番の人は大きな目を向けた。

「あなたね」

これはまずい。覚えられてしまったのかと思うと、顔が赤くなるのが判る。

「ここで只読みするんじゃないんです。お金、持って来ました」

急いでポケットから紙幣を取り出したが、店番の人はその方は見向きもしなかった。

「あなた、九段《くだん》中の学生さんね」

「……はい」

「この間はご免なさいね。帽子の記章がよく見えなかったの」

その意味がよく判らない。

「そう、あなたは捕物帳が好きでしたね」

店番の女性は、前に並べてある本の中から、手早く数冊の捕物帳を集め、最初の本の上に載せて差し出した。

「これ、持って行ってちょうだい」

「……お金は」

「お金なんぞ、いりませんよ」

「でも……」

無理に本を持たされ、どぎまぎしている姿を見て、店番の人は笑った。

「この人、知っているわね」

店番の人は自分の横に立っている木の板を指差した。

今まで本にだけ気を取られていて、それに気付かなかったが、三十センチほどの真新しい板に「奥田《おくだ》書店」と書かれている。

「弱竹さんの字だ」

私はびっくりして言った。

「弱竹を知っていればいいの。あなたのお蔭で弱竹の居所が判ったんですから。又、来てね。捕物帳をあげますから」

ひねこびた少年は、もう何も言えなくなり、ただ頭をぴょこりと下げるだけだった。

その年ぎりぎり、やっと東京にバラックが建ったので、それ以来、一度も奥田書店に立ち寄る機会がなかった。

奥田書店の主人、弱竹さんと店番の人とは、出征と戦災とでお互いに居所が判らなくなっていたのだ。たまたま、店番の人は九段中学の文化祭を見に行って、弱竹流の字に出会った。そして、習字の教諭から、その字の出所を知ったのだ。

多分、東京へ帰るのが長引いたとしても、私は二度と奥田書店へは顔を出さなかっただろう。只で本を貰いに行っていろいろな話をするほど、無邪気な少年ではなかった。

十一月五日

上と下の歯を嵌《は》めると、医師は自信あり気に言った。

「よく噛《か》み合わせてみて下さい。いかがですか？」

丹野《たんの》は口を閉じ、そっと義歯を合わせた。上下の義歯はジグソーパズルみたいにぴったりと組み合うのが判《わか》った。しばらくすると、口の中に義歯が入っているという感じもなくなる。これまでの義歯とは雲泥《うんでい》の差だった。これを思うと、今までは物を噛む道具を無理に突っ込まれていたと言っていい。

丹野は奇跡でも起こったような気がして、ものを言うことができなくなった。

医師は手鏡を持って来て丹野に渡した。

「工合《ぐあい》の悪いところはありませんか。遠慮なくおっしゃって下さい」

「いや……感動しているところです。噛み合わせもぴったりだし、全く、抵抗もない。本物の歯よりも、工合がいいみたいなんですよ」

「そうでしょう」

医師の言葉の調子が自信から自慢に変わっていくのが判った。

「これを作ったのは、この道で名人と言われている人です。私もさっき迄《まで》、惚《ほ》れ惚《ぼ》れしながら眺めていたものです」

丹野は鏡に向かって唇《くちびる》を開き、収まっている義歯を見た。

少しも義歯ということを感じさせない、年相応に老けた形に作られている。と言って、本物そっくりなのでもない。よく見ると、不思議なことに、どこかに人の作ったものという気配が判る。門歯は門歯なり、犬歯は犬歯なりの歯相の表現に、簡略と誇張の技術が見えてくる。そして、全体のバランスを見渡すと、これを作った技工士の感性がただならないことに気付いた。医師がこの義歯を惚れ惚れと見ていたという気持がよく判る。

「サ行の音を言ってみて下さい」

と、医師が言った。

丹野は、さ、し、す、せ、そ、と言った。

「今までより歯切れがよくなりましたね。ご自分でもそう思いませんか」

「……本当にそうです。少しも息が洩《も》れません」

「江戸言葉復活、というところですね」

と、うげつ医師は胸を反らせた。

歯には長いこと悩まされ続けていたのだ。

■海外文学セレクション

最後の三角形 ジェフリー・フォード短篇傑作選

ジェフリー・フォード／谷垣暁美 編訳　四六判上製・定価3850円 Ⓔ

閉塞的な街で孤独な男女が魔術的陰謀を追う表題作ほか、天才科学者によってボトルに封じられた大都市の物語「ダルサリー」など、繊細な技巧と大胆な奇想による十四編を収録。

■創元推理文庫

幸運には逆らうな

ジャナ・デリオン／島村浩子 訳　定価1210円 Ⓔ

爆発事故をきっかけに、町に覚醒剤が持ちこまれている疑惑が浮上。フォーチュンたち三人は、クスリを排除するため悪党探しに立ち上がる！　好調〈ワニ町〉シリーズ第六弾！

《ロジャー・シェリンガム》シリーズ

レイトン・コートの謎

アントニイ・バークリー／巴 妙子 訳　定価1100円

密室状態の書斎で発見された、額を撃ち抜かれた死体。作家ロジャー・シェリンガムは素人探偵として推理を始める。英国探偵小説黄金期の巨匠バークリーの記念すべき第一作。

少ないが謎や事件は集まってくる！　第十八回ミステリーズ！新人賞受賞作を含む連作集。

好評既刊■単行本

星合う夜の失せもの探し　秋葉図書館の四季

森谷明子　四六判並製・定価1980円 Ｅ

名探偵のいる図書館としてひそかに評判の秋葉図書館ができて、はや数年。今回は図書館の外に飛び出して……。開設前夜の裏話や書き下ろしを含む、やさしい図書館ミステリ。

あなたには、殺せません

石持浅海　四六判並製・定価1870円 Ｅ

今日も相談員は、悩める犯罪者予備軍の犯行計画の穴を指摘していく。不備を突かれた者たちの殺意の行方は果たして。犯罪発生を未然に防ぐ!?　新しい形の倒叙ミステリ短編集。

藍色時刻の君たちは

前川ほまれ　四六判仮フランス装・定価1980円 Ｅ

私たちはこの港町で家族を介護し、震災で多くを失い、そしてあの人に救われた。ヤングケアラーの高校生たちの青春と成長を通し、人間の救済と再生を描いた渾身の傑作長編！

※価格は消費税10％込の総額表示です。 Ｅ印は電子書籍同時発売です。

元元、丹野の血筋は歯が弱い。病気や疲れが、まず歯に影響する。歯の手入れが悪いとは思わないのだが、二十代から虫歯の絶えたことがなかった。虫歯になると、歯は頑張りがきかない。すぐぼろぼろになって抜歯。五十代の終りになると、総入歯をしなければ済まなくなった。

となると、これが一苦労だった。最初のは特にひどかった。噛み合わせは悪い、すぐ外れてきて呑み込みそうになる。そのうち、歯茎が痛み出し、終《しま》いには発熱する騒ぎまで経験した。

その後は大病院を訪れたり、人が上手《じょうず》だと言う医師を紹介してもらったりしたのだが、どれも大同小異、義歯とはこんなものかと諦《あきら》めてから二十年にもなる。

うげつ歯科医院は、丹野の家のすぐ傍《そば》にあり、駅を往復する度、その大きな看板を目にするのだが、一度も通院したことはなかった。というのは、看板に小さく書かれている「医師卯月義雄《うづきよしお》」という文字を知っているからで、卯月はどう考えても「うづき」。看板に大きく「うげつ」と謳《うた》ってあればあるほど「うづき」をひた隠そうとする医師の心が見えて、矢張り「うづき歯科医院」を敬遠したくなるのが人情だ。

今年の秋口、孫の貴一郎《きいちろう》の奥歯が痛みだした。

母親は丹野家の歯の質を知っていて、息子の歯の管理には喧《やか》ましかったが、それでもだめだったようだ。母親は図書館に勤めているので、丹野が貴一郎を連れて、初めてうげつ歯科の門をくぐるようになった。貴一郎は簡単な虫歯のようだったし、まだ小学生になったばかりだったから、卯月をうづきと読む心配もなかったからだ。

貴一郎の歯は、二、三回の通院で終ったが、治療が済んだとき、うげつ医師は丹野に言った。

「丹野さんは、生粋《きっすい》の江戸っ児《こ》でしょう」

「判りますか」

「言葉で判ります。大変に歯切れがいい——と言いたいのですが、少少、サ行でひっかかりますね」

「いや、判っているんですが仕方がありません。入歯から息が洩れるんです」

「勿体《もったい》ないですな。江戸訛《なまり》はサ行が命。切角《せっかく》の美声が泣きますよ」

「しかし……入歯というのは、皆こんなものでしょう」

「そこが違うのです。私のところの技工士さんなら、息の洩れるような歯は作りませんよ。稀《まれ》にみる名人なのです。欺《だま》されたと思って、入歯を作ってみませんか。商売気を出すわけではなく、その技工士さんももう齢《とし》で、引退したいと言ってるんです。作るなら、今のうちですよ」

丹野はその言葉に従ったのだった。

うげつ医師が太鼓判を押しただけのことはあった。なるほど、凡人と名人の作はこうも違うものかと思う。名人が作った義歯は、丹野の口の中で、すでに丹野の身体《からだ》の一部になっている。

「この歯を作った技工士さんは、ここで働いているんですか」

と、丹野が訊いた。

診療室の横にある技工室からは、絶えずエアタービンの音が聞こえている。

「いや、内の技工士さんには、とてもこれだけのものは作れません。内のも腕は確かなんですが、いつも出来てきたものを見ては溜息《ためいき》を吐《つ》いていますよ。才能の問題でしょう。それに、昔の職人さんですからね。鍛えられ方も違っていたようです」

「じゃ、どこにいる人なんですか」

「船橋《ふなばし》に住んでいます。生まれは東京で、丹野さんと同じ話し方をします。もっとも、最近は矢張り多少怪しくなっていますがね」

「自分の歯は自分じゃ作らないんですか」

「いつでも作れると思うからでしょうね。紺屋《こうや》の白袴《しろばかま》って奴です。まあ、ここからはちょっと遠いんですが、特別な仕事だけ持って行って作ってもらうんです」

「お齢は?」

「……今年で、七十になるのかな」

「ほう……偉いもんですな」

丹野も同じ年頃だが、とうに小学校を退職している。

「こういう仕事をする人ですから、なかなか世間が楽にしてくれないわけです。ただし、昔の職人衆ですから、かなり頑固ですよ。一度嫌だと言うと、梃子《てこ》でも動かなくなります」

「嫌な仕事はしないいんですか」

「いや、名人ですから、仕事の好き嫌いは言いません。ただ、気に障るようなことがあると、臍《へそ》を曲げ、そうなるとお終いです」

土曜日でうげつ医院は午後が休み。丹野は最後の患者だった。看護婦が治療台の上を片付け始める。

「あれは、二、三年前でしたか。歯科技工士会がその技工士さんを、秋の叙勲《じょくん》に推薦することに決めたそうです。同業者からも尊敬される腕を持っていて、この道一筋、頑固ではありますが人に愛される人物ですから、この推薦は遅いことはあっても、決して早すぎはしない。当事者は本人も快《こころよ》く受けると思ったそうですが、どういうわけか臍を曲げてしまったんです。勲章を貰《もら》うと老ける、とか変な言い掛かりを付けて」

「……勿体ないですな」

「そう。世の中には金を積んでも勲章を欲しいと思っている人も多いのにね」

「勲章嫌い、なのですか」

「それは、到底貰えそうもない人が負け惜しみで言うことでしょう。そんなことを言っている人でも、目の前に勲章がぶら下がれば、つい手を出してしまう。それが、人情でしょう」

「ただ、貰えばいいんですからね」

「そう、難かしいことは何もない。それなのに先生、頑として首を縦に動かさなくなりました。困ったのは技工士会で、この人が貰わないと、後の人が貰いにくくなる。あの手この手を使って口説き落とそうとしたのですが、結局は駄目。もっと困ったのは奥さんで、この人はともかく、勲章がどうしても欲しい」

「そりゃあそうでしょう。技工士としてはまたとない名誉ですからね。勲章が嫌いなら、古道具屋に売り払うかして、名誉だけを手元に残すという手もある」

「勿論《もちろん》、奥さんもそう言い立てたんですが、本人は頑として自分の意志を押し通した。そのため、離婚話にまで及んだと言うから凄《すさ》まじい」

「七十にもなって、ですか」

「そう。もっとも、それは間に入る人がいて円《まる》く治まったんですがね」

「……勲章を嫌う、特別な理由があったんじゃないでしょうかね」

「反政府主義者とか、ね。でも、話をしてみると、とてもそんな思想を持っている人には思えないんですがね。仕事の外《ほか》の趣味は根付《ねつけ》を蒐《あつ》めることぐらいで」

「大体、齢を取ると、貰うことが好きになるのにね」

受付の電話が鳴り看護婦が受けている。急患のようだ。うげつ医師は丹野のカルテをちょっと見て、義歯の調子を見るから、半月ほど経ったらまた来るように、と言った。

家に帰ると、貴一郎が独りでテレビの昼メロを見ていた。

「婆さんは？」

貴一郎はテレビから目を離さずに答えた。

「羅堂《らどう》先生のとこへ行ったよ」

「……先生のとこは昨日《きのう》行ったばかりだ」

「電話があったの。先生、お目出度《めでた》くなったんだよ」

「お目出度く……昨日はとても元気だと言っていたじゃないか」

「判んない」

小田《おだ》羅堂。妻の志《し》げ子《こ》の兄だった。志げ子が唯一無二に頼りに思っている人間だ。志げ子の兄妹《きょうだい》はその兄一人のせいもあるが、それ以上に志げ子が兄のことを思うのは、羅堂がかなり名の通った彫刻家だったからだ。

志げ子は昔から有名文化人が好きで、自分の家系からそういう人物が出たことに大きな誇りを持っている。羅堂は家門の誉《ほま》れ、小田家の栄冠なのである。それは結構なのだが、志げ子は何かにつけて丹野にも羅堂先生を見習いなさいと言う。その丹野がどうやら小学校の一図工教諭で終りそうだと判ると、その矛先《ほこさき》は自分の息子に向けられた。最近ではそれも諦めたようで、今度は貴一郎を相手に、羅堂先生のように偉くなりなさいと言っているのを一度ならず耳にしている。

丹野家には、羅堂は少少煙《けむ》ったい存在なのだが、その羅堂が急に死んだとすると、志げ子は計り知れない衝撃を受けたはずだ。

「婆さん、泣いていたか」

「目を押えていたよ」

「お父さんには連絡したか」

「判んない」

志げ子は勝気な女で、滅多なことでは涙を見せない。それが、泣いていたとすると、よくよくのことだ。

早速、羅堂のところへ電話をする。が、何度掛けても話し中だ。

最後にやっと呼出音が聞こえた。志げ子の声だった。丹野は低い声を出した。

「どうも……大変なことになったね」

「そうなのよ。新聞社やテレビ局からの電話が鳴りっ放し。てんてこまいよ」

声だけは元気のようだった。

「これからが大変だからな」

「そうなのよ。しっかりしなくちゃね」

「息子達には報《し》らせたか」

「ええ、その方は全部済ませました。二人共、会社が終ったら直接こっちへ来るって言ったわ」

「俺も行った方がいいな」

「ええ、すぐ来て頂戴《ちょうだい》。部屋を片付けなくちゃ。いくら手があっても足らないのよ」

「貴一郎は？」

「友達と約束がある、なんて言っていたけど、こんな場合だからと言いふくめて、一緒に連れて来て」

「よし、判った。で、式はいつに決まった？」

「十一月五日。午前十一時半から」

「……今日は、十月二十二日だ」

「ええ」

「まだ、半月もある」

「でも、すぐ来てしまいますよ」

「おい、そんなに仏を置いておいていいのか」

「……仏？」

「そうさ。いくら涼しくなったからといって、それじゃ仏が保《も》つまい」

「仏って……何の仏？」

「おい、しっかりしろよ。仏と言えば羅堂先生だ」

「あんたこそ、何を考えているのよ。なぜ、先生を殺すのよ」

「だって、葬式を」

「一体、貴一郎に何て聞いたの」

「先生が、お目出度くなった、って」

その瞬間、受話器がぎゃっというような音を立てて聞こえなくなった。丹野はもしもし、もしもしと連呼した。

「ばかね。聞こえているわ」

「なぜ、返事をしない」

「開いた口が塞《ふさ》がらなくなったのよ」

「……じゃあ、羅堂先生は死んだんじゃない？」

「縁起の悪いこと言わないで。そこで、ぴんぴんしてるわ」

「お前が目を押えていたと言うから、てっきり……」

「それは、嬉し涙。本当にお目出度いのよ。先生は秋の文化功労者に選ばれたんですから」

「それはどうも……ご目出度う」

「ご目出度うなんて言葉がありますか。ご愁傷《しゅうしょう》と言い掛けたんでしょう」

「……最初のが、まだ頭から抜け切らない」

「まあ、いいわ。とにかく、目出度いんですよ。小田家の栄誉なんですからね。わたしも肩身が広いわ。こうなれば、先生いずれ文化勲章ね」

「……そうでしょう。俺も頑張らなくっちゃね」

「あなたはもういいの。お金さえ出してくれれば」

「お金？」

「惚《とぼ》けちゃ困りますよ。十一月五日が文化功労者の顕彰式でしょう。先生は独りですからわたしが付き添って式に出ることになったんですよ。それに着て行くものがないんですよ。先生は文化功労者なんですよ。判っていますね。みすぼらしい恰好《かっこう》では行けないんですよ」

　嫌がる貴一郎を欺して駅に向かう。貴一郎もあまり羅堂を好かないのだ。羅堂が文化功労者ともなれば、これからも一層、志げ子の鼻息が荒くなるのは目に見えている。

　羅堂の家は、丹野のところから国電で二つ目、閑静《かんせい》な住宅地にある。三年前、妻を病気で亡くしてから、アトリエのある広い邸《やしき》に独り暮らしをしていた。

　息子夫婦はずっと前から、名古屋《なごや》に住み、大学の仕事が忙しいのでほとんど羅堂の家に寄り付かない。志げ子はそれを不憫《ふびん》がって、三日にあげず羅堂の家に行って、妻代わりに面倒を見てやっている。

しかし、当の羅堂はそんな世話を必要としないほど頑健だった。元元が大柄で骨太、色が黒く病気など寄せ付けない。年齢は丹野と同じだが、足腰は少しも衰えず、重い彫像でも平気で持ち上げる。歯医者にも無縁、好物が南京豆《ナンキンまめ》というから、どうも可愛気のない老人だ。反《かえ》って、面倒を見てもらいたいのは丹野の方だが、志げ子は平気で丹野に買物など命じ、さっさと羅堂の家に出掛けてしまう。しかし、文化功労者と小学校の図工教諭のなれの果ての差があるから、あまり文句も言えないのだ。

羅堂の家に着くと、変に張り切った表情の志げ子が出て来た。

「前に総理府から内示が出ていたんですって。でも、正式発表まで誰にも喋《しゃべ》るなって言われて。水臭いわねえ。判っていれば、前から掃除ができたのに。これからテレビ局が来るんですよ。テレビに写るんですからね。もう少し小ざっぱりしておかないと。あなた、先生にご挨拶《あいさつ》したら、そう、庭の草取りをお願いするわ。貴一郎にも手伝わせて」

アトリエでは羅堂が小ざっぱりした紬《つむぎ》の筒袖《つつそで》を着ていた。いつも、羅堂がアトリエにいるときは、泥まみれの白衣だった。テレビ局が来るというので、志げ子が着換えさせたのだろう。

文化功労賞が決定して、さすがの羅堂も嬉しさを表情に隠し切れない。丹野が祝いを言うと、仁王《におう》みたいな顔をにやにやさせて、

「いや、これも私の運です。幸運に恵まれただけです」

と、珍しく殊勝な口調で言った。

さて、それから草取りに掛からなければならない。貴一郎はテレビ局が来るの一言で、興奮状態になって草取りに協力を始める。志げ子は近所の知り合いを集めて、アトリエの大掃除に取り掛かる。

それが一段落したところで、テレビ局の車が到着し、撮影機材が家の中に運び込まれる。丹野達は別室のモニターテレビで、インタビューの様子を見た。志げ子は目を細め、まばたきするのも惜しいという顔で、画面に見入っていた。

実際、アトリエでアナウンサーの質問に答え、庭を散策する羅堂は、確かに堂堂とした芸術家だった。風格は大きく、創作のエネルギーはなお充満しているように思える。しかし、丹野には、画面を通して羅堂を見たとき、あの仮借《かしやく》ない老いが、すでに羅堂にも侵《しの》び寄っていることが判った。

多分、それは一般の人には気付かれないだろう。羅堂ファンの志げ子ならなおさらのことだ。だが、丹野は若いときから羅堂のことをよく知っていた。最近までの羅堂は口数の少ない男だった。発言は的確な言葉を使い、最短距離で言う。それが相手に厳しく聞こえようともだ。間違えても言葉を濁《にご》したり重ねたりすることはなかった。

それが、インタビューで、羅堂は二、三度、自分が幸運だったことを繰り返した。丹野はそこに羅堂の脳髄《のうずい》の変化を読んだのだ。羅堂の人生は幸運だったのは事実だが、以前の羅堂ならそれを丹野の前で口にした上、テレビカメラの前で繰り返すようなことは絶対になかった。

アナウンサーは羅堂の略歴を述べた。それを聞いても、羅堂が実に恵まれた星の下で生まれた人間だということがよく判る。

羅堂は熊本県黒栖《くろす》の豪農の家に生まれた。次男だった。中学のとき九州美術展に習作が毎年入選して関係者の注目を集めた。十八のとき上京、田甲里《たこざと》美術塾に通い、後に東京美術学校彫刻科に入学。二十二で国画展奨励賞を受賞して以来、数多くの美術展で賞を獲得している。

その頃、丹野も前後して美術学校を卒業したのだが、すでに戦雲が濃くなっていて、とても絵などを描いていられる場合ではなかった。小学校教諭の職を見付けてすぐ就職し、翌年志げ子と結婚した。志げ子はこの人は一生小学校の教諭などで終る人ではない。日本が戦争に勝てば有名な画家となって大成するという占者の言葉を信用したのだ。

丹野の徴兵検査は第二乙種第二補充兵というので、兵役にはやや遠い場所にいたから、それも志げ子の心を動かした。だが、丹野は敗戦間近となって、満州東寧《まんしゅうとうねい》の戦線へ配備され、そのままシベリア抑留。散散《さんざん》な思いをして、骨と皮ばかりになって帰って来てみると、羅堂は血色のいい顔をして、陽当りのいいアトリエで裸像をひねくりながら、

「いよいよこれからは、俺達の時代が来るのだ」

と、上機嫌で言った。

徴兵検査で甲種合格の羅堂のところにも、勿論、赤紙が来ることは来たのだが、たまたまある軍人の胸像を制作中だった。羅堂はその軍人の鶴《つる》の一声で兵役を免《まぬか》れ、以後二度と赤紙を見たことがなかったという。

実際、それからは羅堂の時代だった。

とにかく、戦争が充電の役をしたのだからこれ以上の幸運はないだろう。羅堂のアトリエからは続続と作品が産み出され、その多くが賞の対象となった。

羅堂の作品の多くは、変に胴の長い泥臭い裸婦像で、どれも似たり寄ったり。丹野はあまり感心はしないのだが、四角なコンクリートの中に置くと不思議と収まりがいい。一目で羅堂のものと判る点も気に入られるせいか、ホテルや公会堂のロビーに置かれることが多くなった。そうなると、羅堂の名前だけが独り歩きし始めた感じだった。以来、裸婦像の胴は一層くねくねと長く、泥臭さも一段と色合いを深めていった。

「黒栖の女は、皆ああなのかね」

丹野は本気で志げ子に訊いたことがあった。そのとき、志げ子は憤然《ふんぜん》として、

「先生のは芸術です。黒栖の女はわたしを見れば一目瞭然《いちもくりょうぜん》でしょう」

と、言った。

夕刻になって、丹野の息子夫婦が羅堂の家に来た。名古屋からは羅堂の息子夫婦も三人の孫を連れて到着し、家の中は一段と賑《にぎ》やかになった。

志げ子が嫁達を指揮して、まずは前祝の酒になる。

羅堂は珍しく酒を過ごし、多弁になった。そして、再び丹野が感じた老いのしるしを現した。

「わしは運に恵まれた人間だった」

羅堂はそれを繰り返した。横にいた志げ子が言った。

「いいえ、運なんてことはありませんよ。皆、先生の実力です」

「いや、昔、わしより実力のある男なら掃いて捨てるほどいた。わしなど足元にも及ばない才能を持っている者も数多くいた。その人達は、皆、戦争で死んだり、志を捨てざるを得なくなっていなくなった。その人達が今いたら、わしなどまだぺいぺいだ。死ぬ迄、文化功労賞など廻《まわ》って来なかっただろう」

「そんなに自分を卑下するものじゃありませんよ。その頃、先生は塾で一番、田甲里先生に可愛がられていたじゃありませんか」

「いや、それはわしが凡人だったからだ。何の天分もなかったから、先生は警戒心なくわしと対することができただけだ。事実、田甲里先生は面と向かって、わしにそう言ったことがある」

丹野はそれがよく判るような気がした。羅堂はその僻《ひが》みを持っていたので、賞に執着する気持が強いのだ。だが、志げ子は羅堂の大成が運だと片付けたくないようだった。志げ子は言った。

「先生、運も実力のうち、と言うじゃありませんか。先生の業績は誰も認めています。先生は本当に偉大なのです」

羅堂は首を振った。

「この頃、昔のことをよく思い出す。志げ子、藤巻《ふじまき》を覚えているかね」

「……ええ。田甲里塾にいた、吉三郎《きちさぶろう》さんでしょう」

「そう。藤巻は塾で一番光っていた奴だった。藤巻の技は天稟《てんぴん》としか言い様がなかった。技ばかりじゃない。鋭い感性で、田甲里先生も舌を巻くような作品を次次に生み出していた」

「それに、吉三郎さんは多感な趣味人でしたね。田舎者《いなかもの》のわたしを芝居や演奏会に連れて行ってくれて、色色なことをよく教えてくれました」

「そう。志げ子が一番楽しかった時期、わしは藤巻を見るにつけ、自分の非才を思い知らされ、俺は間違った途《みち》を進んでいるのではないかと、悩み続け、安らかな日は一日もなかったのだ」

話が途切れた。それからのことは、二人の間では話し尽されているのだろう。丹野は羅堂に訊いた。

「その藤巻という人は、彫刻を続けなかったんですか」

「うん。当人は諦め切れなかったようだが、それも戦争のためだった」

「……兵隊になって？」

「そう。帰って来たときは家もなくなり、兄は爆撃で、弟も特攻隊で死んでいた。藤巻は疎開地で無事だった母親の面倒を見なければならなくなって、彫刻を続けることができなかったんだ。他の者のことは忘れても、藤巻は忘れられないのだよ。実に、惜しい男だった」

しばらくすると、羅堂は一度に疲れが出たものか、居眠りを始めた。

若い者達はまだ飲み足らない。そこで、丹野と志げ子が先に家に帰ることになった。

出涸《でがら》しの茶を飲みながら、丹野は志げ子に言った。

「お前は藤巻吉三郎さんが好きだったのかい」

「……あら、藤巻さんて？」

「惚けることはないだろう。羅堂先生のところで話題になったろう」

「あなた、酔ってたんじゃないの」

「酔っていても、そのぐらいのことは覚えている」

「自分の都合のわるいことだけは忘れるわけね」

「お前は藤巻吉三郎の名が出たら、変に色っぽい目をした」

「あら、妬《や》いてるんですか」

「今迄、藤巻吉三郎という名など、一度も聞いたことがなかったぞ」

「あら、そうかしら」

「注意して、その名を言わなかったんだな。いよいよ怪しい」

「嫌ですねえ。いい齢をして」

「いい齢になったから訊いている。それでもまだ隠す気か」

「隠す気なんかありませんけれど、気になるんですか」

「気にはならないが、じれったいな」

「気になっているんじゃありませんか。それなら言いますけど、わたし、本当は吉三郎さんと結婚したかったのよ」

「それみろ」

「羅堂先生は迷惑だったでしょうね。あんな有望な青年が妹の夫になったのでは」

「それで、諦めたのか」

「いいえ。残念だけれど、最後迄わたしの片想いだったのよ。だって、黒栖の女は胴長ですもの」

「じゃ、吉三郎さんは?」

「色の白い美人のモデルさんを好きになったわ」

「それは、ご愁傷でした」

「安心したからそんなことが言えるんでしょう。もう少し、後があるんですからね」

「後?」

「ええ。吉三郎さんが兵隊に行って、その後、空襲で東京が焼けてしまったでしょう。彼女が住んでいた向島《むこうじま》は特別被害が大きかったと人に言われて、ずいぶん彼女を探したんですけど、さっぱり行方が判りませんでした」

「……ふうん」

「そのうち、敗戦。吉三郎さんはすぐ帰還して来たんですけど、あなたの方は翌年になっても帰って来なかったでしょう」

「……そうだった」

「それで、一度、吉三郎さんが仮住まいしているお母さんの疎開先きまで、訪ねて行ったことがあったの」

「おい……お前は俺を見捨てる気だったのか」

「半分ぐらい、その気だったかしら」

「それはないだろう」

「多勢の人が死んで、戦争には負ける。とても淋《さび》しかったのよ。あのときのわたしの気持、判るでしょう」

「……それは、判らなくもない」

「でも、ご安心。吉三郎さんたら、その疎開先きで、ちゃっかり彼女と一緒に暮らしていたの」

「……どきどきするじゃないか。あまり持って廻った話し方をするなよ」

「戦争って、本当に恐ろしいと思ったわ。だって、美人だった彼女はすっかり窶《やつ》れて畠《はたけ》仕事なんかしていて、声を掛けられなければ判らないほどだったし、吉三郎さんの方はもっと痛痛しくて」

「…………」

「隣にいる叔父さんの仕事を手伝っていたんですけど、全然、昔の目の光がない。魂の抜け殻みたいになっていて、これなら、会いに行くんじゃなかった。会わずに、昔の素敵な面影《おもかげ》を抱いたまま過ごした方がどの位よかったか知れない、と後悔したものよ」

「自分は一生、貧乏教諭の妻で老いるわけか。それじゃ、貴一郎が好きそうなメロドラマじゃないか」

「ですから、あれ以来、吉三郎さんとは会っていないんです」

「今、どうしているかな」

「あのときの話では、ずっとその仕事を続けていくと言っていたわ」

「どんな仕事だった？」

「船橋で歯医者をしている叔父さんの隣の借家で、背中を丸くして入歯を作っていたわ」

十一月五日、志げ子は仕立下ろしの留袖を着て、羅堂の顕彰式に出掛けて行った。

その留守、丹野はうげつ歯科に義歯の調子を見てもらいに行った。

うげつ医師は義歯と口腔《こうこう》を調べ、全て順調だと言った。

「これなら、南京豆でも固焼煎餅《せんべい》でも食べられるでしょう」

「いいえ、柔らかいものしか食べる気がしなくなりました」

「おや、どうして？」

「先生、この歯は芸術品です。一生、大切にしたいんです。下らないものを食べて、毀《こわ》したら罰が当たりますよ」

「……そんなに気に入りましたか」

「ええ。先生と同じです。ときどき外して、観賞しています」

「技工士さんが聞いたら喜びますよ」

「その技工士さん、何というお名前ですか」

「藤巻さん――名は吉三郎」

志げ子が言うように、藤巻は抜け殻になってしまったわけではなかったのだ。それは一時のもので、その後、天稟を生かして、技工士の名人になったのだ。その腕には絶大な自信を持っているはずで「人目につきにくい分野で、その道一筋に生き抜いた功労者」に与えられる、せいぜい勲六等か七等の勲章など、見向きもしないのは当然だ。

まして、遅かれ早かれ羅堂が文化功労者に選ばれることが予想されれば、意地でも貰えなかったはずだ。依然、藤巻は健在で、その気持は青年そのままと考えてもいいだろう。

丹野は小さな包みをうげつ医師に渡した。

「何かお礼をと思ったんですが、変なものを渡したのでは失礼になる。最近、骨董屋《こっとう》でかなりいい根付を見付けたので買って来ました。その藤巻さんに渡してもらえませんか」

「ほう……」

「それとも、藤巻さん臍《こま》を曲げられますかね」

「いや、そういうご厚意ならきっと受けてくれると思いますよ」

その根付は猫が独楽にじゃれている精巧な牙彫《げぼり》で、丹野が臍繰りをはたいて買ったものだった。

後で聞くと、藤巻はその根付に大喜びし、いつまでも相好《そうごう》を崩していたという。

竜^{たつ}田^た川^{がわ}

竜田川

生地《きじ》の裏に当てられた鏝《こて》は、じゅっという小さな音を立てて、酸《す》の匂いをふくんだ白い水蒸気を立ち登らせた。水分が吐き出されるとともに、生地の上についている平皿ほどの茶褐《ちゃかっ》色《しょく》がみるみる薄くなり、やがて、地の浅黄《あさぎ》色と区別がつかなくなった。

鏝を鏝台に戻して、改めて紋綸子《もんりんず》の着尺地《きじゃくじ》を拡《ひろ》げ、窓の光に透かして見る。元の汚れは完全に見えなくなっている。利雄《としお》は満足して煙草《たばこ》に火を付けた。

ラジオのアナウンサーは休みなくニュースを読み続けている。なにやら、殺人事件の容疑者が逮捕された様子だが、利雄はその事件に全く記憶がなかった。高森新治《たかもりしんじ》という被害者もはじめて耳にする名だ。高森新治は三十五歳、麻布《あざぶ》にあるヘアデザインの専門学校の教師だった、という。

利雄がぼんやりと聞いていると、アナウンサーは半年ほど前に起こった美容師殺人事件のあらましを述べはじめた。

隅田川《すみだがわ》の永代橋《えいたいばし》の下、西寄りに高森の死体が浮いたのは、花見も終った四月十五日の早朝で、所持品からすぐ身元が割り出された。死体は背後から鋭い刃物で突かれていて、傷は心臓にまで達していた。

その後、警察は被害者が発見された場所から六キロほどの上流、首都高速六号線の下の堤防に新しい血痕を発見、血液検査の結果、被害者のものと一致していることが判《わか》った。

その場所は白鬚橋《しらひげばし》の近くで、自動車が入れない堤通《つつみどお》りはサイクリングの利用者が多い。道のすぐ西には小さな公園も作られている。ただし、すぐ真上は高速道路で、騒騒しい上に陰気臭い。花の時期でも、ここまで足を伸ばす花見客はまず少ない。夜ともなれば殊更《ことさら》で、都会にできた溝渠《こうきょ》のような場所だから路上で殺人が行なわれ、被害者がそのまま川に投げ込まれても、まず、目撃されることはないという。

それから半年以上たった今、やっとその容疑者が逮捕されたようだ。

事件のニュースはそこで終り、話題は急に秋の紅葉《こうよう》に移った。

いつものことだが、アナウンサーの変わり身の早さは人間業とは思えない。血腥《ちなまぐさ》い事件を口にしたのが昨日のことのようで、行楽の情報になると口調がまるで明るくなる。

利雄の頭の中はそう早くは切り換えることができない。まだ、隅田川が流れていて、その堤防の桜が尽きるあたり、街の光が切り取られた闇の中に、血飛沫《ちしぶき》があがっているのだ。アナウンサーの声は、想像の中の隅田川の桜を、ひょいと紅葉《もみじ》に置き変えた。

川の流れ、紅葉、人の血……

利雄はびっくりして、煙草を生地の上に落としそうになった。

危い。……もし、これに焼け焦《こ》げを作ったら、今年で三度目のしくじりになる。

しくじったときの後味の悪さは、いつまでも忘れることができない。

浸抜屋《しみぬきや》は生涯《しょうがい》のうち一度は火事を出す、などと悪口を言われていた時代があった。一年中、揮発性の強い薬品を使い、傍《そば》には鏝を焼いたり生地を蒸したりする火鉢が置いてある。いくら注意していても、完全でないのが人間で、ちょっとした錯覚やもののはずみがとんでもないしくじりを起こす。利雄がこの仕事を覚えたころは、電気製品も揃い、裸火を使うことはなかったが、その時代でも火事を出した同業者の噂《うわさ》が耳に入ってきた。その職人はマンションに引っ越したばかりで、ビルの通気性の悪さをうっかりし、気が付かない間に、仕事部屋に気化した薬が充満してしまったのだ。

それを聞いてから、利雄は一層慎重になった。それでなくとも、アパートを借りるときには二階の角部屋を探すのに苦労したものだ。薬の臭いが他の部屋に流れないように気を使ってだった。

幸い、これまで火事を出すようなことはなかったが、小さなしくじりは年に一度か二度の割で、必ず起こる。最近では続けて二度もそれが続いた。特に、二度目のしくじりは今でもそれが信じられない。利雄はその品物を持って、西京屋《さいきょうや》へ謝りに行った日のことをまだ覚えている。

生《な》まぬるくて強い雨が降ったり止《や》んだりする、暗い六月の嫌な日だった。

「ひどいね、こりゃ」

西京屋は白木の机の上に反物《たんもの》を拡げて笑い出しそうな顔になった。薄紫の鮫小紋《さめこもん》で、背のあたりが鏝の形なりに黒っぽく変色している。

「鏝が熱すぎたんだ」

西京屋はその部分に、下から手を当てて言った。

「電気鏝なんでしょ」

「そうです」

「それならサーモスタットが付いているわけなんですがね」

「あれに頼ると、どうもぬるすぎるんです」

「……なるほど、そんなものはプロは使えない、ってわけだ」

「こんなことは、今まで一度もなかったんです」

「まあ、猿も木から落ちる、仕方がない」

「申し訳《わ》けありません」

「まあ、いいでしょう。他の場所なら事件ですが、ちょうど背だ。背返《せがえ》しをして仕立てれば、ここは襟《えり》の中に隠れちゃう」

「しかし……それだと、今度解いたとき、お客さんに判っちゃいますよ」

「大丈夫。今時、同じ着物を二度も解いて洗張《あらいは》りに出すお客はいませんよ」

「でも……それじゃ、気が済みませんから」

「若いのに、固いね」

「仕返地《しかえじ》とさせてもらいます」

「そうかい」

「同じような小紋、ありませんか」

「どうかなあ……昔と違い、今は既製品が少なくなっているからね」

「じゃ、白生地《しろきじ》から、誂《あつら》えさせて下さい」

西京屋はまだ未練そうに鮫小紋をいじっていたが、生地から手を放して、眼鏡《めがね》を外した。

「なに、そんなにまですることはないでしょう」

「……はあ」

「あたしが別の小紋を見繕《みつくろ》って、お客さんに渡しますよ。なに、これは散散《さんざん》着古したものだ。これが、新品に化けりゃ、お客さんだって納得します」

「……話の判る人なんですか」

「まあ、小うるさい人ですがね。そこは長年の馴染《なじ》みですから、話の持って行きようじゃ、却って喜ばれるでしょう」

「……それだと助かります」

「笹木《ささき》さんには気の毒だが、そうと決まったら、半額は負担してもらいましょう」

「いえ、僕が悪いんです。半額なんて言われると困ります」

「まあ、その相談は後のことにしましょう」

西京屋は鮫小紋をきちんと巻き直し、後ろの棚の上に乗せた。

西京屋はそう大きくはない呉服屋だが、駅前の商店街という地の利から、結構品物が動く店だ。元は裏に張り場があって、西京屋自身、洗張りもしていたという。そのせいか、職人の気持がよく判る主人だった。

「しかし、このところ、笹木さん、ご難が続くね」

「続きはしませんよ。今年になってから、二度目です」

「二度じゃ、少ない方ですか」

「いえ……多すぎました」

「そうでしょう。あの一件から、まだ何日も経っていない」

「そんなに近くはありませんよ。もう、一月《ひとつき》も前のことです」

「そうだったかね。そんなかね」

西京屋は友禅《ゆうぜん》模様のカレンダーを見た。

「本当だ。一月も経っている。年だね。日が早いんで目が廻《まわ》るよ」

「あのときも、ご迷惑を掛けました」

あの一件というのは、黒の江戸褄《づま》をだめにした事故のことだ。

比較的高い柄の模様で、流水が裾《すそ》に流れて、鮮《あざ》やかな紅葉を浮べている。川辺には竹林と庵《いおり》があしらわれて、といった、糸目の糊《のり》のしっかりした、上品な江戸褄だった。仕立てもきちんとして、染めも真新しく見えたが、どういうわけか、いくつかの紅葉の朱が変色したように黒ずんでいた。その色を綺麗にしてほしいという注文だった。

そのときの事故も、ちょっと信じられない。

印鑑の外交員を相手にしていた、ちょっとした隙だった。作業台に戻ってみると、拡げたばかりの江戸褄の上に薬瓶が倒れ、生地の表面に薬が流れ出していた。慌てて水洗いしたのだが、もう遅かった。強い酸のために、絹が殺され、鏝で乾かすと薬の掛かった部分が透けて鬆《す》になってしまった。

そのときも、西京屋に事情を話し、仕返地をするはめになった。

「あの江戸褄はどうしたかね」

と、西京屋が訊いた。

「どうもしません。あのまま、内の棚に乗っています」

「色直しもせずに?」

「ええ。お金にならない仕事はする気にはなりませんから」

「そりゃ、そうだろうが、勿体《もったい》ない。確か、傷にした場所は、下前だった」

「そうです」

「着てしまえば判らない」

「誰が着るんですか」

「だからさ、早く神《かみ》さんを持ちなさいと言ってるんです。この鮫小紋だって、神さんなら喜んで着るよ」

「……仕返地ものを、喜びますかねえ」

「まあ、自分の好みを選べはしないから、そう喜びはしないだろう。だが、ないよりはいい」

西京屋はちょっと奥の方を見て含み笑いした。

「神さんを持てば判ります。女は二言目には、着て行くものがない、と言うから」

「そうですか」

「だから、背の高い女を神さんにしてはだめです」

「どうして?」

「判っているでしょう。背の高い女は、仕返地の丈が足りないときがある」

その後、西京屋は、この雨続きで洗張屋から上がって来ない。その中には何反《なんだん》かお宅に廻すものがあるから、また電話をすると言ってから、急に思い出したように、

「野村《のむら》くに子《こ》という美人、知っていますか」

と、訊いた。

「野村くに子、ですか」

「そう。電話だったから、くに子という字をどう書くか判らないけど」

「……知らない名です」

「変だな」

「野村くに子が、どうしたんですか」

「二、三日前、訊かれたんだよ。内に出入りしている浸抜屋さんの電話番号を知りたい、って。なんでも、同窓会の名簿を作るんだという」

「……それで、よく僕が西京屋さんへ来ていることが判りましたね」

「おかしいだろ。あたしの考えじゃ、あの女は名簿なんか作る気じゃない」

「電話だったんですか」

「そう」

「見ないで美人だったんですか」

「そりゃ、あたしぐらいになると、声だけでちゃんと相手の様子が判る。艶《つや》のいい低い声で。だから、痩《や》せ型でしょう」

「背は?」

「背は……どうもね」

西京屋は笑った。

「だがね、笹木さん、あんたは若くて背は高いし、男前で腕はいいし、陰で泣いている女が沢山《たくさん》いるのと違うの？」

「大違いですよ。女の子は浸抜屋と言っても、誰も知りませんからね」

「そうかな」

「そんなものですよ。古すぎると言って、そっぽを向かれてしまいますよ」

その、野村くに子は、すらりと背の高い女性だった。

利雄が古物の軽四輪でアパートに帰ると、外でくに子が利雄を待っていた。

落着いて見えるが、まだ、三十には届かないだろう。くに子は事務服のような紺のスーツで、手に黒い大きな下げ袋を持っていた。

「以前に、母がお願いしたことがあるんです」

と、くに子は言った。だが、利雄は野村という姓がすぐには思い出せない。利雄はドアの鍵を開け、奥の六畳の仕事部屋にくに子を通した。

「今、西京屋さんに行って来たばかりです。あなたがくに子さんですね」

「はい」

「じゃ、名簿作りというのは、嘘？」

少しきつい感じのくに子の目が優しくなった。

「だって、西京屋さんもご商売でしょう。直接、笹木さんに仕事をお願いするのは悪いような気がして」

「ずっと、外で待っていらっしゃった？」

「いいえ。少しだけ」

「じゃ、電話を下さればよかった。僕は独りですから、昼間は届けものに廻っていて、家にいないときが多いんです」

「でも……ちょっと急いでいたものですから」

くに子は下げ袋の中から畳紙《たとう》を取り出した。畳紙を開くと、ごく薄い紫地の色留袖《とめそで》で、裾模様は更紗《さらさ》風の花と唐草だった。

「亡くなった母の形見なんですけど、母が手荒な人だったもので、ほうぼうにしみが付いているんです。目立つところだけでも見良くならないかしら」

と、くに子は言った。

利雄は着物を拡げて、ざっと目を通した。くに子が言うほど、しみは多くはない。ただ、地色が薄いだけに、仕上げは難かしそうだった。

「これなら、綺麗になりますよ。いつ、お召しになります？」

「いえ……着る当てはないんですけど」

「お急ぎなんでしょう」

「ええ……出来れば、早い方が」

「じゃ、明後日《あさって》までに仕上げておきましょう」

「そんなに早く？」

「ちょっと、手が空いたところなんです。もう二、三日もすると、そうはいかなくなります けど」

それを聞くと、くに子はひと仕事終えた表情になって、珍しそうに作業台のあたりを見廻した。

「なんだか、甘酸っぱい匂いがしますね」

「いろいろな薬を使います。慣れるとなんでもなくなりますが、ひどいでしょう」

「いいえ。ワインみたい。なんだか、酔いそうだわ」

浸抜屋の部屋の臭いを、ワインと連想したのはくに子がはじめてだった。

「お酒、お好きなんですか」

と、利雄は訊いた。

「あら……お酒好きに思われてしまったかしら」

くに子は羞《はず》かしそうに頰《ほお》へ手を当てた。

「いや、僕が好きなものですから」

「何を召し上がりますの」

「何でも。大体は焼酎《しようちゆう》にしています。でも、この臭いで酔いそうになるなんて、羨《うらや》ましいな」

「あなたは？」

「あまり、好きになれませんよ」

気のせいか、くに子の頬が上気したように見えた。利雄はくに子を好ましく思った。もし、好きな女性が現れたとして、その女性がこの臭いに堪えられなかったらどうしようと取越し苦労をしたこともある。

くに子は空《から》になった手下げのファスナーを引いた。

「じゃ、明後日。夕方、お伺いしてよろしいかしら」

「お届けしますよ」

「いえ、近くですから」

くに子は近くと言ったきり、場所も教えずに帰って行った。

だが、何にしても、くに子のような女性が利雄のところへ尋ねて来るのは、今までないことだった。

利雄は翌日、入念に仕事を済ませ、心待ちにしていると、約束の日にくに子が仕事を取りに来た。

くに子は仕上がった留袖に目を通し、こんなに綺麗になるとは思わなかった、と言い、見覚えのある手下げから、長方形に包装されたものを取り出し、

「あなたのお好きな焼酎です」

と、言った。

「何ですか、困りますよ」

「お詫《わ》びの印なんです」

「……お詫び？」

「嘘を言った、お詫び」

「…………」

「本当におかしな真似《まね》をしましたけど、この着物は母のものなんかじゃなかったんです」

「そうでしょう。どう考えても、あなたのお母さんという人を思い当たりませんでしたよ」

「実はこれ、うちのお客さんの品なんです」

「すると……呉服屋さん？」

「ええ、わたし、紋秀《もんひで》に勤めているんです」

利雄はちょっとびっくりした。紋秀といえば、有名な銀座《ぎんざ》の呉服屋だ。

話をよく聞くと、紋秀に出入りしている浸抜屋がこのところ、すっかり年を取ってしまっ

た。元のような情熱がなくなり、仕事の納期もきちんとしない。だから、紋秀では前々から若くて腕のいい職人を物色していたのだが、たまたま利雄のことが耳に入った。しかし、噂だけではすぐ仕事を出すわけにはいかない。

「つまり、この仕事は、腕試しだったんですか」

と、利雄は言った。

「はい。わたしは気が進まなかったんですが、部長の言い付けで……」

「それで、これなら、合格だと」

「お気に障ったでしょうね」

「ええ……ただし、お宅の部長さんに、ですよ」

「そうなんです、とわたしが言うのは変ですけど、あの人、紋秀の名を出せば、嫌という職人さんはいない、と思っているんです」

「……僕は、ちょっと違うみたいだ」

「腕に自信のある方なら、当然ですわ」

「いや、少し、臍《へそ》が曲がっているだけです」

「じゃ、そう伝えます。改めて、出直すかもしれませんけど」

「ちょっとお待ちなさい。これは、お近付きの印として頂戴《ちょうだい》します」

利雄は焼酎の包みを傍に引き寄せた。

「それから……紋秀さんの仕事でなく、あなたの仕事ならいつでも引き受けますよ」

「……それは、嬉しいわ」

「生意気なことを言うようですけど」

「いえ。もしかすると、そう言われるんじゃないか、と覚悟していました」

「……僕の気持が判ったんですか」

「ええ。わたしの亡くなった父も職人でしたから」

利雄は改めてくに子を見た。

「ほう……どんなお仕事？」

「笹木さんよりも荒っぽいの。鍛冶屋《かじや》なんです」

「鍛冶屋さんなら、大勢で仕事をしていたんでしょう」

「ところが、父は偏屈ですから、人の仕事が気に入らないんです。独りだけでこつこつやっていたわ」

「きっと、腕がいいんだ」

「腕のことは判りませんけど、自分じゃ誇りが高い、と思っていたようね」

「……すると、今、鍛冶屋さんは？」

「父の代でお仕舞いでした。兄がいたんですけど、大学を出て、サラリーマンになりました」

「そりゃ、よかった」

「わたしも、そう思います」

その言葉で、くに子が一歩、近付いたような感じを受けた。

「父は鍛冶屋の後継ぎを欲しがっていたようですけど」

「そうなんだ。親子でうまくやっている職人も多いけど、そうでない場合は悲惨なことになりますからね」

「ええ、父と兄は言い合いばかりしていました」

「じゃ、僕の家と同じだ」

利雄は誰にも言わなかった家の事情を、くに子にだけは話す気になった。

利雄の父親は親代代の紺屋《こうや》で、三人の息子がいた。父親は考えて、一人を自分の後継ぎ、一人に模様師、一人に浸抜きを覚えさせた。三人が助け合えば、それぞれがよくなると思ったからだ。だが、計算通りにいかないのは、人の世の常だ。

「じゃ、笹木さんはお父さんや兄さん達が浸抜きを持って来ても、その仕事はなさらないんですか」

と、くに子が訊いた。

「そう言って、家を出た」

「男らしいわ」

「そうかな」

「だって、親元で働いていれば、ずっと楽でしょう」

「それは、そうだね」

「でも、笹木さんの気持はよく判ります」

くに子はそう言うと、居住まいを正した。

「すっかりお喋《しゃべ》りして。お仕事の手を休ませて済みません」

「なに、いいんですよ。独りの気儘《きまま》な仕事ですから」

「わたし、このお部屋の匂いの中にいると、酔ったような気分になるんです」

そして、くに子は帰っていった。

着物は藍《あい》の細かな絣《かすり》で、帯は銀の無地だった。

その翌日の夜、利雄のアパートに来たくに子は、少し酔っているようだった。

「野村呉服店です。でも、今日はお仕事じゃないの」

と、くに子は軽い調子で言った。

「仕事でなく来てくれるとは、嬉しいね」

「まだ、お仕事なんですか」

くに子は利雄の手元を覗《のぞ》いた。

「そう。昼間は病気見舞に行っていて、時間を潰したから」

「どなたかお悪いんですか」

「僕の友達。胃を切られてね。でも、見舞客より元気でしたね」

「お邪魔かしら」

「いえ。もうお仕舞いです。今日はまた目が覚めるようですね」

「あら……これはお仕着せよ」

「何か、あったんですか」

「紋秀の展示会だったの」

「そうですか。じゃ、疲れたでしょう」

「わたしのことなんかどうでもいいんですけど、よく考えてみると、笹木さんは野村呉服店と取り引きするより、矢張り紋秀に出入りした方がいいと思うの」

「……それは、僕のことを考えて？」

「勿論《もちろん》よ」

「じゃ、賛成だ」

「本当にそうなさって下さる？」

「ええ。実は、昨日、あんな強がりを言ってしまったことを後悔していたんです」

「ああ、よかった」

くに子は胸に手を当てた。

「そのまま」

「え？」

「そのままで、右を向いてごらんなさい」

「……こうかしら」

くに子は意味がよく判らないまま、利雄に言われた通り、横を向いた。

くに子が部屋に入って来たときから気になっていたのだが、左の腰のあたりに白いものがはっきりと見えた。

「何かに、触りましたね」

「あら……」

くに子は首をよじった。

「本当……ひどいわ。これで、歩いていたのね」

手で叩こうとするのを、利雄は急いで止めた。

「触らないで、そのままよく見せて下さい」

そのしみは白いペンキのようなものだった。

「そう言えば、展示場の裏に、塗り立ての看板があったみたい」

「そこで付けたのなら、すぐ落ちますよ」

「でも……」

「そのまま、また、外を歩くんですか」

「そんなに、ひどい？」

「かなり、目立ちます」

実際、その白い筋は尻尾《しつぽ》みたいだった。

くに子は部屋を見廻していたが、思い切ったように立って、台所に入った。身体《からだ》が見えなくなるような場所は、そこしかない。

すぐ、衣擦《きぬず》れの音が聞こえ、床に落ちた帯の端が見えた。しばらくすると、桃色の長襦袢《ながじゆばん》に伊達《だて》巻《ま》きになったくに子が、絣を抱えて傍に来た。

「こんな恰好《かつこう》になって、ごめんなさいね」

利雄はなるべくくに子の方を見ないようにして着物を受け取り、白くなった部分に鼻を当てた。

「矢張り、ペンキですね。少し、待っていて下さい」

ペンキの他に、くに子の匂いと温もりが混っている。

仕事をしていると、着物に残っている女性の匂いに気付くこともあるが、ほとんどはかび臭くなった古い白粉《おしろい》や香水の匂いだ。このような生ま生ましさははじめてだった。しかも、当の女性が下着姿で傍に坐《すわ》っている。

新しいしみだから、仕事は早い。刷毛《はけ》に溶剤を含ませて、ペンキを白木綿《しろもめん》の上に叩き出し、後はベンジンでその部分を広くぼかす。利雄はしみを落とした着物を衣紋掛《えもんか》けに吊るした。

「すぐ、乾きます」

と、利雄は言った。

「早いんですね。感心したわ」

「これで、莫大《ばくだい》な工料がもらえるんです。いい商売でしょう」

「呉服屋に企業秘密を明かしてしまって、いいんですか」

「面白い仕事だと思いませんか」

「………」

「普通の職人は物を作り出す。けれども、僕は何も作り出さない。仕事の痕《あと》が残らないのが、一番いい」

そのうち、着物に残ったベンジンも乾いた。利雄は立って衣紋掛けから着物を取り、もう一度見渡してからくに子に言った。

「できましたよ。まだ、ちょっと臭うかもしれないけど」

「ありがとう。この匂いならちっとも嫌じゃないの」

「この前、ワインみたいだと言いましたね」

「今のなら、強い、リキュールかしら」

利雄は着物の襟を両手で拡げ、着せ掛ける形をした。

くに子は立って、後ろ向きになった。利雄が着せ掛けると、何を思ったのか、くに子は手早く帯を解き、下着を脱ぎ落とすと、素肌の上に絆を掛け、くるりと利雄の方を向いた。

「ごめんなさいね。リキュールの匂いだけで酔ってしまったの」

そして、利雄の背に両腕を廻してきた。

そのとき、すでにくに子の匂いを知っているような気がした。

「着ていくものがないわ」

と、くに子が言った。

くに子が利雄のアパートに居付くようになって、四日目だった。利雄はいつかの西京屋の言葉を思い出しておかしくなった。

「何を笑っているの」

「ちょっと……予言者みたいな人のことを思い出してね。その人は今日のことを当てたよ」

「わたしが結婚式に招待されたことを?」

「まあ、似たようなもんだ。着ていくものに悩むんなら、君の家を探したらどうだい」

「わたしの家にだって、碌《ろく》なものはないのよ」

「この家なら、尚更《なおさら》さ」

くに子は着のみ着のままだった。

くに子は独り住まいで、家を開けていても心配する者はいない。差し当たって、必要な道具もない、というので、あれからずっと利雄の傍を離れようとしない。

紋秀は店内を改装中だという。その間、ホテルで展示会を開いていたが、それも終りまだ二、三日は出勤しなくてもいい。

利雄も久し振りに連休をする気持で、毎日くに子を公園や映画館へ誘った。

何か、違う、という気はしなかった。

といって、わずかな交際のうち、くに子が身を投げ出してきたことに、それだけの魅力があるなどと自惚《うぬぼ》れたわけではない。少しふしぎな解釈だが、くに子は風変わりな体質で、利雄が使う薬の臭いに、媚薬《びやく》に似た反応を起こすのかもしれない、と思ったことがある。

二人だけになったときのくに子は、何よりも美しかった。

「あなた、ほんとうによく知っているわ」

と、酔い痴れたように漏らしたことがあったが、それはくに子の姿態に応じただけで、鏡に写された自分を言っていることが、利雄にはよく判った。勿論、くに子の感性を高めた誰かがいたに違いないが、利雄はそれらを含めて、詮索《せんさく》がましい質問はなに一つしなかった。それだけ、くに子との出会いに夢中になっていたと言える。

もののの弾みのような出来事だったので、最初、利雄はくに子の顔が迫って来ても、どうしていいか判らなかった。

「着崩れをしてしまったわ」

その声で、利雄は男を取り戻したが、あからさまなそのための用意をすることができなかった。自然な運びのうち、藍の絣が褥《しとね》になり、それが思いも掛けず、くに子の身体を引き立てることになった。

少し前までのことも、それが現実だったかどうか判らなくなるほど、利雄は激していて、くに子を放すことができなくなった。くに子を美しいと思うゆとりができたのはずっと後のことだ。

「ここに、いさせて下さい」

と、くに子は言った。

「こういう生活に、憧れていたんです」

落着いて考えれば、そんな言葉は信じられない。

着ていくものがない、というのが、その現れではないか。

「君は、着ていくものがないような生活に憧れていたんじゃないかね」

と、利雄は言った。

「それと、これとは違うわ。その内、女の気持が判るようになるでしょうけれども」

「式があることは、前から判っていたんじゃないかい」

「ええ……友達の着物を借りることにしていたわ」

「じゃ、借りて来たらいい」

「そうはいかないのよ。その人、凄く勘がいいの」

「僕達のことなら、見付かったっていいじゃないか」

「そう簡単じゃないのよ。女は」

利雄は薬品で生地を傷《いた》め、引き取った江戸褄がそのままになっているのを思い出した。

「江戸褄なら一着あるんだがな」

「浸抜きに出たものを着て行くわけにはいかないでしょう」

「いや、僕のだ」

「……どうして江戸褄なんか持っているの？」

利雄は仕返地した品だと言い、傷は下前で着てしまえば判らなくなると教えると、くに子はその着物を見たいと言った。

着てみると、少し地味だったが高い柄が長身のくに子によく似合う。帯はくに子が締めている銀のものしかないが、おかしいというほどではない。

「これ、着ていっても、いいかしら」

「いいけど、まだ、汚れを取っていないんだ」

「どこが汚れているの？」

「裾の方の紅葉が変色しているだろ。それから——」

これから仕事に掛かろうとしたときしくじったので、着物全部に目を通したことはなかった。改めて全体を見ると、水に会ったものか、生地が縮んでちりちりになった場所があると思うと、左の内袖に艶のなくなった三本の筋も見える。

「よく見なければ判らないわよ。第一、商売人が来るわけではないし」

と、くに子が言った。

「君がよけりゃ、いいんだがね」

「この着物、気に入ったわ。閑《ひま》なとき、ちゃんと仕上げて下さいね」

「そうしよう」

薬品で付けた下前の傷は、別の生地で裏打ちをすれば、当分は着られそうだった。

色の白いせいか、くに子は黒の紋付きを着ると、気高くみやびやかに見えた。利雄はその澄んだ姿を誇らしく思った。

「もう一反、紫の鮫小紋を引き取ることになっているんだがな」

「……それはどうしたの」

「見事に焦がした」

「わたしに着られそう？」

「多分、ね」

「……なんだか、得したような気持になるわ」

「冗談じゃない。こっちの方は、大損なんだ」

利雄は車でくに子をホテルまで送った。
二、三日続いた晴天は、また下り坂の模様だった。ホテルの玄関に着くと、絵本の中に出て来る兵隊みたいなボーイが寄って来て、利雄の車のドアを開けた。利雄はふと、車を買い替える時期かな、と思った。
「助かったわ。ありがとうございました」

外に出たくに子は、運転席を覗き込んで、丁寧《ていねい》に頭を下げた。丁寧すぎる言葉だとは思ったが、そのときはまだなにも疑うことができなかった。

その足で、西京屋へ寄った。

「昨日、問屋の若い衆が、ちょうどいいのを探して来てくれましたよ」

と、西京屋は新しい反物を拡げて見せた。利雄がしくじった小紋より、やや濃い感じだが同じ鮫だった。

「たまたま、付け立てで、下積みになっていたのが出て来たんですって。安くしてくれるそうです」

「……そうですか」

「まあ、支払いの方は都合のいいときで結構ですよ」

「助かります。このところ、出銭が多くなりそうなので」

「ほう……いいことなのかな」

「いえ……ただ」

利雄は口を濁《にご》した。

「その若い衆と話したんですが、名は強いですねえ。この品物でも、紋秀の札が付くと、三倍の値段でも売れてしまうそうです」

「……紋秀は今、改装で休んでいるんでしょう」

「いえ、そんなことはないですよ。だって、若い衆はこれから紋秀へ行くんだと言っていました」

「そうですか――」

西京屋は二、三点の浸抜きを利雄に持たせ、その上に利雄が引き取ることになった鮫小紋を乗せた。

急いでアパートに帰り、電話帳で紋秀の電話番号を探し、ダイヤルを廻したのだが、応対した女子店員は、店はずっと営業していてこれから改装する予定もない。野村くに子という名の従業員も、紋秀にはいない、と答えた。

そして、くに子は利雄のアパートに帰って来なかった。

くに子がいなくなってから、半年経った今でも、竜田川《たつたがわ》の江戸褄を着たくに子の姿が目に焼き付いて忘れることができない。西京屋から渡された小紋も、そのまま棚の上に置いてある。

だから、何気なく聞いていたラジオのニュースから、くに子を連想するのが早かった。

唐突だが――くに子は、もしかすると、隅田川の堤防で高森新治という男が殺された事件と関係しているのではないだろうか。

警察に逮捕されたという容疑者の名は聞き逃したが、野村くに子ではなかった。けれども、自分は紋秀の従業員だと偽ったほどで、利雄に言った名も嘘に違いない。

被害者の高森新治は刺殺されて川に投げ込まれたというから、その犯人は返り血を浴びたと思う。竜田川の江戸褄の紅葉が変色したのは、その血痕ではないのか。左の内袖にあった三筋のしみも同じもので、血に濡れた被害者が相手の袖を握ったとき付いたものではないのか。

ただし、犯人は全身に血を浴びたほどではなかった。犯人が脱いだ着物は、何も知らない家の者が、多分お節介な母親でも、しまおうとしたときにしみを見付けて、西京屋に浸抜きを持ち込んだ。それが、利雄の手に渡ったが、粗相《そそう》のために元の客には戻らなくなってしまった。

その江戸褄はくに子が着ていた着物だった。かすかにくに子の匂いを残していたが、利雄に記憶を残さないほどわずかだった。

犯人が証拠となる恐れのあるこの着物を、自分の手に取り戻して処分するとしたら、くに子のように手の混んだ芝居を考え出したとしても不思議はない。しかも、事件から一月も経って、その着物をそのままにして置けず、処分しなければならなくなった、ということは、警察の捜査が犯人の身近にまで狭《せ》ばまったことを意味しないか。

――テレビなら警察に逮捕された容疑者の顔が出るはずだ。

利雄は慌ててテレビのスイッチを入れ、ただ、ニュース番組を待った。

くに子は最後の日、ホテルの玄関から、作りものめいた世界の中へ消えてしまった。くに子が帰っていった世界には利雄などの知らない、いろいろな異常なことが平然と起こっているような気がする。

その中の一つの場面。

夜中の隅田川、高速道路の真下にある堤防で、竜田川の江戸褄を着た女性が、一人の男と抱き合っている。と思うと男の背に廻された女性の手に白刃が現れ、それが深深と男の肉に沈んでいく。女性が堤防の縁《ふち》にもたれかかった男の身体を、川の中に突き落とそうとしたとき、血に濡れた相手の手は女性の袖を力なくつかむ……。

利雄はつけたばかりのテレビの画面に、この光景しか見えなかった。

くれまどう

「課長……ひどいわ」

小さな声が追って来たと思うと、小佐野《おさの》の右腕が柔らかく押された。見ると千春《ちはる》が寄り添っている。

「やあ、来ていたのかい」

「来ていたのか、じゃないわ。ちゃんと約束したのに」

「……でも、あのバス停にいなかった」

「いたわよ、ちゃんと。課長、碌《ろく》に見ないで通り過ぎたわ」

「いや、よく見たはずだがなあ」

「いいえ、見なかったわ。それとも、よく考えたら面倒になったんですか」

「面倒だなんて、そんなことはない」

小佐野は信号で立ち止まった。

「じゃ、こけし亭へ行こう。近間で間に合わせるようだけれど」

「どこでもいいんです」

千春はすぐ朗らかな表情になった。小柄な身体《からだ》のこなしも一廻《ひとまわ》り大人びて見える。自社にいたときより、化粧を濃目にして、千春への可愛さが急に増した。

自分を意識してに違いないと思うと、千春への可愛さが急に増した。

千春は入社して三年目、営業部で一日中ワープロと向かい合っている。総務部の小佐野とはフロアーも違うのでほとんど話す機会はない。それが、昼過ぎエレベーターの中で偶然に一緒になった。エレベーターの中は二人だけだった。

「課長、お忙しくなる季節になりましたね」

千春はいたずらっぽく笑って小佐野を見上げた。千春は小佐野の肩までしかない。

「うん。家では夕食も作ってくれなくなった」

「じゃ、どうなさっているんですか」

「仕方がないから、毎晩、社の近くの食堂でご飯を掻《か》っ込んでから帰る」

「……まあ」

次の言葉は咄嗟《とっさ》に出たのだった。千春が押した数字の階が近付いたからだ。

「だから、索莫《さくばく》としているんだ。今晩、一緒に食事をしてくれないか」

「いいわ」

「六時、駅前のバス停で待っている」

そこで、エレベーターのドアが開いた。千春と入れ違いに、何人かの社員が乗り込んで来た。

千春がすぐ応じてくれるとは思わなかった。だから、その約束にあまり実感が起こらず、バス停に千春の姿がなかったので、矢張り来なかったのだと、あまり入念には捜す気にならなかったのだ。約束の時間より、十五分も遅くなっていた。

千春のことだから、どこかの物蔭《ものかげ》で、小佐野が来るのを待っていて、小佐野がきょろきょろするのを期待していたに違いない。

「よく考えたら、今夜はクリスマスイヴだった」

と、小佐野が言った。

「それが、どうしたの？」

「君は早く帰って家族でケーキなんか囲んで、団欒《だんらん》するんじゃなかったのかい」

「家《うち》はそんなこと、ただの一度もしたことがないんです」

「……ほう」

「ヤソ教じゃないから――というのが父の口癖なの。でも、本当はしたくとも出来ないんです。家は畳屋さんでしょう」

「そうだった。君の家は暮は忙しい」

「ええ。課長のお宅と同じなんです」

こけし亭は小ぢんまりしたフランス料理屋で、ランチタイムには若い女子社員達で一杯になる。千春は常連のはずだが、小佐野には家での仕事が待っているので、遠くに足を伸ばすことができない。

こけし亭は空《す》いていた。シェフが気を利かして小部屋に案内してくれた。小佐野はシャンパンを注文した。

「ヤソ教の真似《まね》をしよう」

それで、乾杯。

「家みたいな小さな畳屋は家族が皆仕事をしなければならないでしょう。家でする仕事って他から見ると、とても家族的に見えるらしいんですけれど、本当は大違いなのね」

と、千春が言った。

「それは僕も同じ立場だから、よく判《わか》る。仕事のために家庭が追い出されている感じなんだな。僕だってクリスマスでシャンパンを飲むのは何年ぶりだ」

「課長、まるで同病者みたいですね」

「外で課長は止《よ》そうよ。何となく他人行儀だ」

「じゃ、何とお呼びしましょう」

「小佐野さん——それでいい」

「じゃ、わたしも名で呼んでくださる？」

「そうしよう。千春君、遠慮なく好きなものを注文しなさい。シャンパンの後はワインでいいかね」

「ご散財かけてしまいますわ」

「なに、いいんだ。口止め料としたら安過ぎるくらいだ」

小佐野は千春とある秘密を分け合った仲だったのだ。

その年の夏、家に帰ってから店に出ていると、一人の娘が入って来て、十冊ほどの原稿用紙を平台から取ってレジに持って来た。小佐野がレジを打ち、代金を受け取るとき目が合った。

「課長……」

相手は赤い唇《くちびる》を丸く開けた。それが、星野《ほしの》千春だった。

「有難うございます」

小佐野は原稿用紙を店の紙袋に入れて手渡した。

「ここ、課長のお店なんですか」

と、千春が訊いた。

「そう。いつもは社長の神《かみ》さんが店に出ている。でも、学校が休みになると忙しくなるから、夜は手伝うことにしているんだ」

千春はプリントのTシャツ姿の小佐野を改めて見て、くすりと笑った。

「課長、会社にいらっしゃるときと、まるで感じが違いますね」

「ジキル博士とハイド氏みたいかね」

「人当たりがよくて、ずっと若若しく見えます」

「それより、星野君はこの近くなのかい」

千春は地下鉄の駅の方に住んでいると答えた。たまたま、いつも物を買う文房具屋が休みだったのでこの店を思い出し、足を伸ばしたのだ。

「それにしても、沢山《たくさん》原稿用紙を買うんだね。小説でも書くのかい」

「ええ……」

千春はちょっと羞《はず》かしそうな顔になった。

表情がはっきりと出る女性だった。それでいて態《わざ》とらしくない。

「小さいときから小説が好きだったんです。

「判った。これは、僕と君だけの秘密にしておこう」

「……その代わり、課長が文房具屋さんの店に出ていたことは誰にも教えません」

小佐野にとっては、このことが社内に拡《ひろ》まっても、別に痛痒《つうよう》を感じなかった。だが、若い女性と秘密を分け合うことは嫌な気持ではなかった。

三河屋《みかわや》という、酒屋みたいな屋号の文房具店だった。小さな店構えだが、小学校の前という地の利があって、結構、悪くない収入がある。妻の静乃《しずの》は三河屋の一人娘で、ずっと店を手伝っていた。静乃が小佐野のところへ嫁に来てからは、両親だけで店を張っていたが、その内、年を取って思うように働けなくなった。

両親は老後の心配がない程度の貯えがあり、店を閉めても生活には困るようなことはなかったが、静乃が三河屋を潰したくはないと言い出した。

古くからある文房具店で、自分が生まれてその家で育ち、看板娘の一時期があった店だ。店を閉めたくない気持は小佐野にも判る。静乃が流産した後だった。その気持の動揺を静めるためにも、三河屋を手伝った方がいいと思った。

静乃は昼間、三河屋へ通うようになってから元気を取り戻したが、両親の方は年毎《としごと》に衰えを増し、最初に父親が肺炎をこじらせて死に、翌年、後を追うようにして母親が膵臓癌《すいぞうがん》で死んだ。

それでも、静乃は店を畳もうとは言わなかった。小佐野もとくに反対する理由がない。小佐野は退職金の一部を補充し、店を四階建ての鉄筋ビルに改造し、小佐野の住居を引き払ってその上階に住むようになった。それが三年前のことだ。

静乃は今迄《いままで》続けていた配達をする仕事を断わり、店売りだけで独りで店を切り盛りするようになった。店員を雇えるような大きな店ではない。普段は静乃だけで充分だったが、学校が休みになると、一人では手が廻らなくなる。それで、小佐野が会社を終えてから家に帰って、店番に立つこともちょいちょいあるのだ。

「でも、いいですわ。ああした小ぢんまりした店をご夫婦で持っていらっしゃるんだから」

と、グラスを乾《ほ》した千春が言った。

「小佐野さん、いつでも会社を辞めてもいいんじゃありません？」

「そうなったら、楽だろうな。だが、それは老後の楽しみだ」

「店にいらっしゃる奥さんを見ました。グラマーな美人ですね」

「家のことより、君の方はどうなんだい。小説は書けたのかね」

「ええ、書いてはいるんですけれど、落選ばっかし」

「今度、乾杯するときは、入選祝いにしたいね」

「それはそうなんですけれど、まだ、当分は駄目みたい」

「どうして？」

「ある批評家に言われたんです。この小説を書いた人は、人生の経験が足らないようだって」

「……僕には小説のことはよく判らないが、そんな立ち入ったことまで言われるのかね」

「ええ、そりゃ厳しいですよ」

「人生の経験なんか、その内、嫌でも身について来るさ」

「そうかしら」

「そうさ。差し当たって、お正月の休みには旅行するんだろう」

「いいえ」

「……ほう、著作三昧《ざんまい》の予定かね」

「いいえ。本当は色色なところへ行ってみたいんですけれど、相手がいなくて」

「若い相手なら、いくらでもいそうじゃないか」

「若い人は駄目。碌な本を読んでいないし、野球や麻雀《マージャン》のことしか知らないんですもの」

「君は理想が高いんだな」

「ええ。わたしの理想は、小佐野さんみたいな人生経験の豊かな方と一緒に旅行して、人間のことを教えてもらいたいの」

小佐野の喉のあたりで、ステーキの胡椒《こしょう》がでんぐり返しを打った。小佐野はあわてて水を飲んだ。

「大人をからかってはいけない。息が止まりそうだった」

「わたしは真面目《まじめ》でそう考えています」

千春はじっと小佐野を見詰めた。小佐野はその目を見返すだけの余裕はあった。

「そりゃ、君の大恋愛小説のモデルになるのは光栄だが」

「だが、店が忙しいとおっしゃるのでしょう」

「それもある」

「詰まらないわ。畳屋みたいに、一生あくせく畳ばかり作って、年を取って。ねえ、そうは思いません」

「……それは、君の言う通りだ。詰まらない」

「でも、小佐野さんには、綺麗な奥さんがいらっしゃる」

「…………」

「わたしなんかと、もし何かがあって、奥さんに逃げられたら、一大事ですものね」

小佐野は二度びっくりした。

——今迄、考えもしなかったことだ。だが、千春の言う通り、それは、充分にあり得る。静乃に逃げられる、という自分の立場が。

三河屋と静乃の結び付きは強い。

その固定観念のために、静乃が三河屋を捨てて逃げるということは、夢にも思ったことがなかったのだ。だが、本当に好いた男となら、静乃は三河屋を捨てて行くことが、あり得ないことではない。

千春とは地下鉄の駅前で、握手だけして別れた。

夜風が強く肌に突き刺さる。電車の中はヒーターが効いていたが、心までは温まらない。

静乃に情夫がいる——といって、確証があるわけではない。ただ、疑おうとすれば、いくらでも疑うことができる。

テレビニュースで青森のねぶたを見ていた記憶があるから、八月上旬のことだ。

静乃は送別会があると言って、蒸し暑い日の夕方家を出た。親しい友達の夫がローマへ転勤に決まり、一家が移住する、その送別会なのだそうだ。その日は土曜日で、休みだった小佐野が店番をすることになった。

そろそろ店を閉めようとするころ、一人の客が来て、注文した品が届いているはずだという。小佐野はそういうことを静乃から聞いていない。パーティの途中、水を差すようで悪いと思ったが、商売熱心な静乃のこと、ただ客を帰してはいけないと思い、同窓会の名簿を調べ、その友達の家に連絡したのだが、会はとっくに終り、全員が帰った後だった。

客には事情を話して改めて来るようにと詫《わ》びて帰ってもらった。静乃が帰宅したのはそれから三時間も過ぎた夜中だった。

自分では酔ったと言いながら、芯《しん》は醒《さ》めているのが判った。疲れたと言いながら、その唇が妙に生《な》ま生ましく濡れているようだった。近付くと聞き慣れない香料の匂いが漂った。

その夜、拒もうとする静乃を抱いたのだが、身体は潤《ほと》びていて、表情は堪えていたが肢体《したい》が感覚に深すぎる反応を起こすのが判った。

小佐野は問い詰めたい気持だったが、その日は口に出さず、しばらく様子を見ることにした。

だが、それ限《き》りだった。

以来、静乃の近辺に変わったことは何も起こらない。特に聞き耳を立てるほどの電話もなければ手紙も来ない。身体がいつもと違って艶《なま》めいているという日もない。浮気が続いているとすれば、余程上手《じょうず》に立ち廻っているはずだ。そう思って、定時でないとき、ふいに帰ってみたり、社から電話を入れたこともある。だが、静乃が疑わしい態度をとったことは一度もなかった。

小佐野は月日が経つうち、段段安心するようになった。

静乃は見た目は大柄で、どちらかといえば豊艶《ほうえん》な方だった。だが、内心は反対に古風で内気な質《たち》だ。夜も決して自分から誘いかけたりはしない。その静乃が大胆な浮気を続けているとは思えない。

多分、送別会の夜は、相手から強要されての出来心だったのだろう。とすれば、後になってからそのことを掘り出すのは大変愚かなことに思えた。気のせいか、それからの静乃はより小佐野に尽すようになり、商売にも一層身を入れていることが判った。あまり、気の強い方ではない静乃は、一夜の行為に罪を感じ、それを償《つぐな》おうとしている感じだった。静乃がふと淋《さび》しいような表情をすることが多くなった。それを見ると、却って慰《なぐさ》めたい気分になるほどだった。

ところが、この二、三か月、小佐野は静乃の小さな変化に気付き始めた。

きっかけは、同僚との酒の上での雑談だった。

女遊びで定評のある男の言葉だ。

「女はね、好きな男が出来ると、性格が変わるね。言葉付きとかね、身のこなし、食い物、セックス。だから、女が恋をすると、すぐに判るんだ」

そのときは、あははと笑い流すだけだったが、妙に心に引っ掛かるものがあって、後になって静乃に当て嵌《は》めてみた。

静乃の言葉遣いや態度が特に変わったとは思えない。

食物の嗜好《しこう》は変化したと言えそうだった。静乃は昔から肉、それも脂身《あぶらみ》が好きだったが、それを、わたしはもう若くはありませんからと説明している。確かに、食物の好みは変わってきた。

細かく見ると、この頃、小佐野に用を頼むことも多くなった。銀行へ行かされる、問屋に電話を掛けてと頼まれる。これまで、小佐野が店を手伝うといっても、店番でレジを叩く程度だった。これも、もう若くはないので、昔ほど身体が動かなくなった、と言われればそれまでだが、変わったと言えば矢張り変わったうちに入るだろう。

そう考えていくと、一番顕著だと思われるのが夜だった。

それまでの静乃は淡白だった。執拗《しつよう》な要求を嫌がった。それなのに、入念な愛撫を求めるようになった。それは小佐野が望むことでもあったが、あの一夜で他の男から深い悦《よろこ》びを教え込まれたとすると、何とも複雑な気分なのだ。

加えて、それ等の変化と共に、静乃が几帳面《きちようめん》になったことも算《かぞ》え上げなければならない。商売をしている家の奥は乱雑だとよく言われる。どうしても商いの方に気が行き、家の整理整頓《せいとん》がつい疎《おろそ》かになるからだ。静乃も商人の家に育って、親達を見ているせいで、矢張り家のことになると大雑把《おおざっぱ》なところがある。それが、細細《こまごま》と家の中や身の廻りを片付けるようになった。

その意味だけがよく判らなかったのだが、千春の言葉で、叩き起こされたように全てが判った。

それらは、情人と逃げる下準備だったのだ。

自分は目端《めはし》が効くと思ったことは一度もないのだが、それにしても、今迄、それに思い当たらなかったのは迂闊《うかつ》だった。逃げられるまで女房の浮気に気付かなかったのかと、世間中から嘲《ちょうしょう》笑されるような思いだ。

急いで家に戻ると、店のシャッターが降りている。真逆《まさか》、と思いながら裏口から家に入ると、静乃は二階でテレビを見ていた。

「どうしたの、その顔は」

と、静乃は言った。

小佐野は掌《て》で頬《ほお》を叩き、静乃の横に坐《すわ》った。

「君こそどうしたんだ。こんなに早く店を閉めて」

「ねえ、今年の暮はゆっくりしましょうよ」

「それは君の自由だが、どうした心境の変化かね」

「時代が変わったのよ。この商店街でも、暮は店を閉めてしまう店が多くなったでしょう」

「それはそうだが、君がいつも言う、暮の気分にはならないじゃないか」

「でも、それはどうでもよくなったわ」

小佐野は静乃の横顔を見た。だが、その表情に駈け落ちでもするような切羽詰《せっぱつ》まったものは読み取れなかった。

「年末年始の休みに、海外旅行をする人が多いんですってね」

「……うん」

「皆がそうなのに、わたしだけが昔ながらの習慣を守ることもないと思ったの」

「……それなら、僕も前にそう言ったことがある」

「だから、今年は自由にしましょう」

「自由？」

「ええ。毎年、暮になるとあなたを使って済まなかったと思うわ。あなたはあなたで、ちゃんとした仕事があるのに」

「今更、何を言うんだ。そんなことを言われると気味が悪いな」

「どうして？」

「君の口から自由なんて言葉が出て来るとは思わなかったもの」

「ですから、あなたは今年、旅行でも何でもしていいわけ」

「君は？」

「……わたしは、ちょっとその気にはならないの」

一瞬だったが、千春の顔が頭に泛《うか》んだ。小佐野は首を振った。

「何か、予定があるんじゃないのかね」

「いいえ、そんなものありません」

静乃は打ち消したが、小佐野にはとうから疑惑が頭を持ち上げていた。

——静乃は自分の留守を望んでいる。その間、男と逢引きを重ねるか、駈け落ちをする気なのだ。

「たまには閑《ひま》もいいことだ」

小佐野は静乃の後ろに廻り、セーターの胸元に手を滑らせた。いつもならその手を叩かれるはずだったが、静乃は拒もうとしなかった。

千春の誘い、静乃への嫉妬《しっと》、そんなものが絡み合って、自分を押さえることができなくなっていた。小佐野は静乃を押し倒して唇を合わせた。

静乃を放した後でも、何かくすぶりが消え去らない。ぼんやりと乳房を弄《もてあそ》んでいるうち、無性に静乃を困らせてやりたくなった。そのとき、手が小さな固いようなものに触れたような気がした。

「おや……こんなところに、ぐりぐりが出来ている」

「……嫌よ。痛いわ」

「痛いとすると普通じゃない。癌かも知れない」

「……ばかね」

「癌だとすると、お乳がなくなってしまうぞ」

「………」

「そうすると、浮気もできなくなる」

「止《よ》してよ。変なこと言わないで」

静乃は声を高くして叱《しか》ったが、顔では笑っていた。


翌日の昼休み。

食事に出ようとすると、待っていたように千春がビルの蔭から飛び出して来て、

「昨夕はご馳走《ちそう》さまでした」

と、礼を言った。

小佐野はそっとあたりを見た。昼食に出るのが遅かったので、社の者は誰もいない。

「三河屋の社長から、年末年始の休暇をもらったよ」

と、小佐野は言った。

「えっ、本当ですか」

「本当だとも。だから、取材旅行はどこがいい。スキーかい、それとも暖かいハワイ？」

「どこでもいいんです。欲を言えば、古い都市で、近くの山の中に人が知らないような小さな温泉があって、というような場所かしら」

「判った。早速、手配しよう」

「でも、こんなに押し詰まっては、どこも一杯じゃないかしら」

「その心配はいらない。友達に交通公社の偉い人がいる」

「さすがだわ」

千春は心得て、それだけ言うと小走りにいなくなった。

小佐野は上気していた千春の頬を見て、これは本物だと思った。千春が静乃とまるで違うタイプの女性なのもいい。思い返すと、これまでいくつもの機会を見逃して来たようにも思う。自分はもっと自信を持ってもよかったのではないか。

早速、交通公社に勤めている友達に電話を入れる。相手はお勧め品の秘境があると言ってくれた。

食事を済ませて戻ると、静乃から電話があった。静乃は滅多なことで社へ電話をしてくることはなかった。千春とのことはまだ知れるはずがないと思いながら、ちょっとどきりとしたことは確かだ。

「病院へ行って来たの」

静乃は落着いた声で言った。

「昨日、あなたがあまり変なことを言うので、気になったものですから、思い切って行って来たわ」

余程、薬が効いたに違いない。昨日、釘を打って置いたから、小佐野が留守にしても、浮気の心は起こるまいと思っていたのだが、効果は予想以上だったようだ。

「で、どうしたね」

「どうも、こうもないわ。否《いや》も応もなく体癌検診させられたわ」

「タイガン?」

「ええ、お乳の奥の肉を切り取られたの。凄く痛かった」

「すると……癌の疑いが?」

「十中八九癌でしょうって。でも、今の段階なら手術で治療することができるんですって」

「そ、それは……」

「あなたがあわてることはないでしょう。明後日《あさって》結果が判ります。そうしたら、すぐ入院ですって。手続きは全部済ませて来ました。入院はせいぜい一か月。入院していれば安心ですから、あなたはお正月の旅行の計画を進めて結構よ」

「どこの病院へ行った？」

「ほら、赤坂《あかさか》の三田村《みたむら》外科」

「……もっと大きな病院へ行った方がいいんじゃないか」

「でも、三田村外科はあれで割に信用されているのよ」

「そうだ。確か君の同級生だか何だかに、有名な病院に勤めている外科の先生がいる、いつかそう言っていたじゃないか」

「あの人のところへ行くのなんか、絶対に嫌」

「どうして？」

「お友達に見られたくない」

「ばかだな。君は癌の疑いがあるんだぞ。それに、娘でもあるまい」

「でも、嫌なの。あなたには女の心持が判らない」

「……女心なんて、そんなものかな」

「そんなものよ」

静乃はそこで初めて涙声になった。

二十七日はご用納めだったが、小佐野は会社を休み、静乃に付き添って三田村外科へ行った。

医者の説明で、静乃の癌は三期に進行していることが判った。静乃はそのまま入院し、二日後に手術。

手術は順調に終ったが、もう少し放置していたら、肋骨《ろっこつ》を何本も削り取る大手術になっていただろうと聞かされ、小佐野は改めて冷汗を掻いた。実際、年末年始の休みに掛かっていたら、そうなる可能性が充分考えられるわけだ。

静乃はすぐ元気を回復し、喋《しゃべ》ってもあまり疲れなくなった。

「ここまで来れば、もう大丈夫よ。心配掛けたわ」

と、静乃は言った。

「しかし、もっと大変なことになるんじゃないかと思ったが、これでやれやれだ。安心してお正月が迎えられそうだ」

「そうね」

「折角《せっかく》、楽な暮を迎えるつもりだったのに、残念だったな。君の方は何か予定があったんじゃないか」

「……わたしの方はいいの。それより、あなたはどこかへ行くつもりだったんじゃないんですか」

「まあ、予定があるといえばあるようなものだったが」

「じゃ、いってらっしゃいよ。わたしはもう心配ないんだから」

「そうはいかない」
そう言ったものの、元気そうな静乃の顔を見て、気が緩んでいることは確かだった。交通公社からは正月の旅館の予約券と列車乗車券に指定席券が添えられて届いている。千春には静乃が癌の手術をしたとは言わないで、ただ三河屋の社長の機嫌がよくないので、日取りは少し先になりそうだとだけ伝えてある。その気になれば計画通りの旅行はできる。ただ、静乃がまだベッドに寝たままだ。もう、二、三日様子を見よう、と小佐野は思った。

その間は、せいぜい小まめに振舞うことにする。一日中、付き添って、洗濯《せんたく》をする。静乃の好きな食物を買って来てやる。

静乃がそろそろ歩けるようになったころ、小佐野の妹が見舞いに来た。

妹は道子《みちこ》といい、新聞社の文化部に勤めていた。兄思いなのだが、口喧《やか》ましいのが玉に瑕《きず》だ。

小佐野はちょうどいいと思い、道子を玄関迄送る途中で言った。

「正月はどこかへ行くのかね？」

「いいえ、ずっと家にいるわ。ちょいちょいお見舞いに来るわ」

「それなんだがね。正月の間、二日――いや、都合で一日だけでもいい。静乃に付いてやってくれないか」

「いいわよ。でも、兄貴どうするの？」

「ちょっと、前からの約束でね。旅行の約束がある」

道子はまるで母親のような目で小佐野を見た。

「まあ。病人を置いてですか」

「いや……そのつもりはなかったんだが、静乃が僕がいなくとも大丈夫だと言うもんだからね」

「あの様子じゃ、そのぐらいのことは言うでしょう。でも、何の旅行なのよ」

「会社のさ、お得意のさ。ほら、宮仕えのさ。判るだろう」

「それは、いつでも来てあげるけれど、浮気なんかじゃないでしょうね」

「あ、当たり前だ」

「本当に男は油断がならないんだから。この間も、内の部の奴が、奥さんがお産だというのに他の女に変な気を起こしてね。全く見っともないったらありゃしない」

道子は待合室のソファに腰を下ろして煙草《たばこ》に火を付けた。

「兄貴が癌を見付けたんですってね」

「……そうだ」

「静乃さんもそう言って、とても喜んでいたわ。だから、静乃さんには何も言えなかったけれど」

「何か、不足かい」

「大いに不満よ。訊いたら、三期まで進行していたというじゃない？」

「ああ」

「何がああなの。呑気《のんき》臭い。三期といえば、お乳を丸丸取られてしまうのよ」

「……そうなんだ」

「なぜ、もっと早く気付いてやらなかったの」

「判らなかった。僕は医者じゃない」

「医者でなくとも、妻のお乳に異常を見付けるのは夫の義務でしょう。あんなに大きくなるまで判らなかったじゃ済まされないわ。それは夫たるものの役目を怠ったことになるのよ」

「……厳しいんだな」

「当たり前よ。男は女性のお乳がどんなに大切なものか判っていないのよ」

「……判っているつもりだがな」

「いいえ、兄貴だって、女心の半分も判っていないね」

「僕が鈍いと言うのか」

「鈍いと判ったらそれでいいわ。それにしても、似た者夫婦ねえ。静乃さんだって、もっと早く気付きそうなものだったわ。大体、三年前に亡くなった静乃さんのお母さんも癌だったんでしょう」

「膵臓だったな」

「直系に癌の人がいるときは、余程気を付けなきゃね。いつか、内の新聞で特集していたでしょう。見なかった？」

「……見たような気もする」

「あの記事はわたしが苦心して取材したのよ。確か、そのとき読んで頂戴《ちょうだい》って言ったはずよ」

「そうだったな」

「もしかして、静乃さんはそれらしいと気付いていたけれど、宣告されるのが怖くて病院に行くのを延び延びにしていたんじゃない？」

「そんなことはないね。今度の場合だって、僕が何の気なしに言った言葉を気にして、翌日すぐここに駈け込んだほどだから」

「そう。でも、命に別状がなくて本当によかったわね」

「もし、そうなっていたら、僕が人殺しみたいに言われるところだったな」

「冗談じゃなくて、実際そうなのよ」

道子は最後に、わたしが付いていれば安心、旅行へでもどこへでも行ってらっしゃいと言って帰って行った。

その日、静乃が夕食を済ませるのを見てから家に帰った。

残りもので食事を済まし、静乃が本を読みたいと言っていたのを思い出した。がらんとした静乃の部屋に入って本棚の前に立った。編物や料理の本が並ぶ上段に、あまり数多くない小説類があった。その一冊を取ろうとしたとき、一番隅に背を後ろに向けた本が見えた。小佐野は何気なくその本を抜き取って、表題を見た。大きな赤い字が目に躍《おど》り込んだ。

「女性の癌は怖くない」小佐野はその題を見て、手を滑らせ本を床に落としてしまった。本の間から新聞の切り抜きが飛び出した。拾って見ると八月十一日の日曜版で道子の社の新聞だった。道子が言った癌の特集記事が切り抜かれていた。

本の小口を注意して見ると、乳癌の自己検査法のページが黒ずんでいるのが判った。静乃がその部分を何度も読み返した証拠だった。

――静乃は自分の癌を知っていた。

小佐野は目眩《めまい》がして床に坐り込んだ。

それを知っていたから、肉中心の食生活を野菜に切り換えたのだ。しかし、そんなことだけで癌が治るとでも思ったのか。そうではない。それでは、道子の言ったように怖くて検査をためらっていたのか。それだけでは説明が不足だ。

――何だって静乃は癌を放って置いたんだ?

そのとき、同じ本棚に静乃の同窓会名簿があるはずだと思った。その薄い小冊を見付けるのに時間は掛からなかった。

急いでページを追う。そして、目的の名を見付けた。

「渡理《わたり》泰義《やすよし》　東欧《とうおう》大学医学部附属病院第一外科室長」そして、全てが判った。

渡理泰義――この男が静乃の浮気の相手だったのだ。

今年の八月、友達の送別会に渡理も出席していたに違いない。そして、その帰り静乃は渡理に誘われて抱かれた。そのとき、渡理は静乃の癌を発見して教えたのだ。八月といえば五月前。癌は初期のはずだが、プロの触診はその小さな病いを逃さなかった。

では、なぜ静乃はすぐ病院へ行かなかったのか。それは、古風な女心に違いない。

小佐野が肉腫《にくしゅ》を見付け、冗談めかして癌かも知れないと言ったとき、静乃は笑い顔をしていたのを思い出す。

小佐野が癌を見付けてくれたと言って静乃はとても喜んでいた、そう、道子が教えたことも裏付けになる。

静乃は浮気の相手に癌の疑いがあるのを知らされたが、その忠告を受けることを潔《いさぎよ》しとしなかったのだ。

その病いはどうしても小佐野に発見してもらいたかった。そのため、小佐野が求めるとき、静乃は入念な愛撫を欲した。静乃は言葉でも暗示したことがあったはずだ。迂闊なことに、小佐野はそれを全く気付かなかった。癌を放置したのは小佐野自身だったのだ。静乃が入院の準備に身の廻りを整理しながら、どんなに焦《じ》らされたか想像することもできない。

そのため、病状はどんどん進行し、静乃は乳房を失い、生命の危険にすら晒《さら》されなければならなかった。そのためなら、死も怖れなかったのか。女心の代償として、それはあまりに大きな喪失ではなかったか。静乃の心を思うと、じっとしていられない気持になった。

小佐野は机に向かい、社長が癌で入院したので残念ながら旅には出られなくなった。適当な友達を見付けて切符を利用して欲しいと書き、交通公社から取り寄せた券を同封して、翌朝、千春のところへ速達で送った。

「三日から、店を開ける」

と、小佐野が言った。

「あら、どうして?」

静乃は眩《まぶ》しいようなあどけない笑顔を見せた。

「もう、あまり手が掛からなくなった。ここに一日いたのでは退屈だ」

「そうね。新婚さんじゃあるまいし、一日いてもらってはべたべたしているようで羞かしいわね」

「面会は店を閉めてからでもいいだろう」

「でも、店の方は大丈夫?」

「ああ、この頃、銀行や問屋へも行かされることがあったから、お蔭で要領はすっかり覚えてしまった」

「仕事始めは八日だったかしら」

「会社は休暇を取るよ。一月や二月、どうにでもなる」

「今度は、本当に迷惑を掛けました」

「水臭いことを言うんじゃない。よくなったら、旅行しよう」

窓の外は雪だった。

千春の恋愛小説はあまり進行していないに違いない。

色揚げ

朝から空が澱《よど》んでいて、いつ落ちて来てもおかしくない雲行きだった。

典子《のりこ》は早目に区役所へ出掛けて書類を受け取り、店に戻ると、安治《やすじ》が浮かない顔をして女性の客と応対しているのが、ガラス越しに見えた。横顔の客は近くの料亭「よし辰《たつ》」の女将《おかみ》だった。

典子は張り場から家に入り、店に出てよし辰に挨拶《あいさつ》した。よし辰は丸丸とした浴衣《ゆかた》の胸に小さな扇子で風を入れていた。横には大きな風呂敷包みが置いてある。

「まだ、少し動くと暑いのね。雨ならさっさと降りゃいいのに」

典子が店に出たのを潮に、安治は奥に入ってしまった。

「お忙しそうですね」

と、よし辰が言った。

「ええ、このところ、雑用に追い廻《まわ》されています」

「じゃ、ご迷惑だったかしら。その最中に仕事を持ち込んだりして」

典子は大きく手を振った。

「とんでもない。お客様を迷惑に思ったりなどしたら、罰が当たります」

安治が競馬新聞をポケットに突っ込んで、張り場から外に出て行く後ろ姿が見えた。よし辰が言った。

「それじゃあよかった。甲州屋《こうしゅうや》さんが店を仕舞うという話を聞いて、あわてて簞笥《たんす》を掻《か》き廻したのよ」

「……最近、そういうお客様が多いんです」

「じゃ、その話は矢っ張り本当なの」

「ええ……お婆ちゃんの百か日も済ませましたし」

「そうなの。甲州屋さんはここでは古いんでしょう」

「ええ。先先代からです」

「淋《さび》しいわねえ」

「仕方がありません。商店街の中で、土地を張り場なんかには使えない時代になってしまったから」

「でも、勿体《もったい》ないわねえ。広い土地があるのに、別の仕事をするわけでもないのね」

安治は今年五十歳。隠居するには早過ぎる齢《とし》だが、すっかりやる気をなくしていた。この齢で商売替えをし、万一、しくじったら老後が心配だと言う。石橋を叩く、と言えば聞こえがいいが、元元、仕事に関してはあまり覇気《はき》のない質《たち》だった。

甲州屋は間口の狭い呉服悉皆店《しっかいてん》だった。それでも、裏には四丈物《よじょうもの》の反物《たんもの》が引けるだけの張り場がある。甲州屋にとって、土地の値上がりはむしろ迷惑だった。それよりも、仕事の多い方がいい。だが、それに反して、悉皆店に来る客が年毎《としごと》に激減している。

早い例が、典子の母の葬式に参列した同業者でさえ、着物の喪服は一人も見掛けなかった。同業者がこれだから、呉服の注文が減ったとしても文句は言えない。増えるのは固定資産税ばかり。将来に見切りを付けた同業者の廃業や転業をよく耳にする。その中でも、甲州屋は今迄《いままで》よく保《も》ったものだと思う。さすがの安治も、義母の目の黒いうちは、代代の土地を売ってしまう勇気は起こらなかったのだ。

「全く、嫌な世の中になりました」

よし辰は風呂敷包みを解いた。

「甲州屋さんに廃《や》められたら、あたしだって困るわ。これから、どこに仕事を出したらいいんでしょう」

「越してしまっても、仕事は続けます。今は交通の便も良くなりましたから、ちょいちょいお得意さん廻りをしますよ」

と、典子は気休めを言った。自分の希望を言っているようでもあった。越してしまえば安治が仕事をしなくなることはすでに読めている。二人の息子はそれぞれに有名会社に入社し、妻を娶《めと》って子供までいる。義母が亡くなったら、夫婦が細細《ほそぼそ》食えればいい。安治はその土地で倉庫番かなにかをやり、気楽に暮すつもりなのだ。

「お互い、悪い年廻りなんですよ」

と、よし辰は言った。

「昔なら、甲州屋さんの齢ぐらいになれば、弟子の何人も使って、もう左団扇《うちわ》でいいはずでしょう」

「確かにそうでしたわね」

「内も同じ。昔はお神《かみ》さんといえば、綺麗に着飾って、ちゃんと坐《すわ》っているだけでよかった。それが、今では正反対。あたしが真っ先《さ》きに動き出さなかったら、誰も動こうとはしませんよ。元はお湯に行ってから仕事に掛かったんですけど、今、お湯は四時にならなきゃ開《あ》かないでしょう。それじゃ間に合わないから、皆がお湯に行っている間に、あたしが座敷の掃除をしておかなければならない。一事が万事。全く、どっちが使われているのか判《わか》りゃしない」

よし辰が持って来たのは、訪問着や小紋《こもん》、それに無地の仕事着など十点ほどで、最後に黒《くろ》羽二重《はぶたえ》の五つ紋があった。

「これ、まだ碌《ろく》に手を通していないんだけれど、すっかり身幅が合わなくなっちゃったの。色も多少褪《さ》めているようだから、この際、色揚げして仕立直しをしてもらおうと思うの」

何日かたって、夜、典子がテレビを見ながらよし辰の喪服を解いていると、背の縫い込みの中にあった紋星が目に焼き付いた。背紋の肩のあたりに付けられている上下の目印で、それが「三」の形だった。

「あら、これ、志茂部《しもべ》だわ」

典子は驚いて安治に紋星を示した。

安治も別の着物を解いていたのだが、それをちらりと見ただけだった。

高田馬場《たかだのばば》にあった、黒染専門の紺屋《こうや》で志茂部黒。典子の祖父と同じ山梨県の出身で、東京へ出て紺屋に奉公し、独自の黒染を研究してそれが成功した。下部《しもべ》が故郷なので、本来なら下部黒だが初代が「下」の字を嫌って志茂部に当てた。紋星の「三」はシモベの「シ」からとった印だったのである。その志茂部黒の工場も、今は都内にはない。

よく考えると、よし辰が甲州屋で喪服を誂《あつら》えたのは、二十五年も昔のことになる。典子はまだ大学生で、店が忙しくなると、張り場へ出て、糊入《のりい》れなどの手伝いをしていた。無論、よし辰も今のように肥《ふと》ってはいなかった。

よし辰が注文した紋は抱き稲で、改めて背紋をひっくり返して見ると、四つの稲穂と、六枚の細い葉の細部まで染料が入っていた。白生地《しろきじ》に糊を置くとき、実に丁寧《ていねい》な仕事をしていたことが判る。

志茂部らしい、いい仕事だ、と思うと同時に、心配も生じた。前に苦い経験があった。その品物も黒羽二重の喪服で、矢張り色揚げの注文だった。紋は細輪に蔭《かげ》の橘《たちばな》。蔭だから稲の紋と同じように、細い部分が多い。色揚げをするには、紋の白い部分に糊を伏せ、全体を染めあげた後、糊を取り去るのである。ところが、糊の加減が悪かったのか、色揚げの経験が浅かったのか、紺屋から仕上がって来た紋を見ると、紋の白場に黒の染料が食い込み、色揚げする前の紋とは較《くら》べものにならぬ汚い紋に変わっていた。

そのときは、上絵師《うわえし》が胡粉《ごふん》で処理してくれ、一応は見易《みやす》くなったのだが、後味の悪さが長いこと残った。

昔とは仕事の内容が変わってしまったのだ。二十五年前までは、まだ染の半数は古物の色揚げだった。今はよし辰のように、古物に手を掛けて染め返す客はほとんどなくなった。あっても、白生地を染めるより、ずっと手間が掛かり、神経を使う古物は、職人の方で嫌な顔をするようになった。それでも頼み込むのだが、仕上がりが思うようでない場合が多い。

志茂部なら、安心して任すことができるに違いない。だが、ある理由で、仕事上での志茂部との取引きは長いこと、絶えている。

喪服をすっかり解いてから羽縫《はぬ》いにかかる。生地を元の一反《いったん》の形に戻すわけだ。羽縫った生地を巻き、端に渋札《しぶふだ》を結び、朱墨《しゅずみ》で店名、紋名を書き入れる。

その間中、典子はその当時のことを思い続けていた。

まだ、両親ともに若く、店は活気があった。いつも店には反物が山積みにされ、十一時、十二時になっても店を開けていた。これは甲州屋ばかりでなく、どの店もそうだった。夜仕事を届けに来る客も珍しくはなかった。

職人は三人いた。一人は須藤《すどう》さんという五十を過ぎた人で、腕は確かなのだが、酒だけが玉に瑕《きず》だった。飲みだすと二日も三日も店に姿を見せなくなる。その酒のために、所帯を持ち損なった職人だった。

あとの二人は、山梨の知り合いの伝《つて》で、高校を卒業してから甲州屋に来て働くようになった。安治が先輩、一年後に芳雄《よしお》が東京に出て来た。

二人は近くの下宿から通っていたが、下宿へはほとんど寝に帰るだけだった。昼の仕事が済んで、夕食後は自転車の荷台に抱えるほどの反物を積み、方方の職方を廻り歩いて、夜中にならなければ帰って来なかった。

三人も人を使っているのに、それでも忙しい。取り分けて衣替えの時期には戦争状態になり、典子も黙って見過ごしにすることができなくなるのだった。そのくせ、生活は必ずしも楽ではなく、仕事も辛いことが多かったが、不思議にもそのころの思い出は楽しい。

翌日、典子は志茂部黒に電話をすることにした。

あと、一月《ひとつき》足らずで甲州屋は店を閉めてしまう。恐らく、よし辰の喪服は、その最後の仕事になるはずだ。とすると、志茂部黒との縁は、永久に断ち切れてしまうだろう。これは、神様が志茂部黒との最後の機会を与えてくれたのに違いない。よく考えれば、廃業しようとする直前に、志茂部黒が舞い込んで来たことが、奇跡にさえ思えた。

志茂部黒が高田馬場から埼玉県の春日部《かすかべ》へ越して行ってから十五年以上経つ。工場の移転は矢張り土地の関係で、志茂部黒の広い張り場は借地だったから、早いうちに立退《たちの》きを迫られたのだった。志茂部黒が春日部へ移ってからは、よけいに縁遠くなった。ただ、母の葬儀には芳雄の姿を見掛けたが、典子の傍《そば》に来て話すようなこともなかった。

志茂部が移転したとき、通知の葉書が来て、典子は電話帳に控えた覚えがあるので、電話番号を探すのに骨は折れなかった。典子は安治が留守になるのを待って、ダイヤルを廻した。呼出音が鳴り出したとき、こんな簡単に芳雄と話すことができるのに、今迄、そうしようとしなかった自分が別人のように思えた。

「典ちゃん……本当に、典ちゃん?」

芳雄は信じられないような調子で言った。

典ちゃんと言う声が、楽しさの混った懐しさを呼び起こした。

「一つだけ、お願いしたいものがあるの。それも、古物で悪いんですけれど、請けて下さるかしら」

「ちっとも悪くなんかありませんよ。何ですか」

「紋生《い》けなんです。紋星を見たら、志茂部黒だったので」

「じゃ、他へやったらだめです。最近、変な染料を使うところが多くなっていますからね。色揚げでしくじることがあるんです。内は昔の通りやっていますから、大丈夫です」

「本当に、勝手なときだけ仕事を持ち込むなんて、気兼ねだったんですけれど」

「何言ってるんですか。昔からの仲じゃありませんか」

「助かるわ」

「じゃ、宅配便ででも送って下さい」

「……昔からの仲なのに、宅配便はないでしょう」

「………」

「明日、直接伺います」

「いや……それなら、僕が車で」

「来てはだめ」

「……安さんが志茂部に出せと言ったんじゃないんですね」

「ええ、わたしだけの考えなの。大体、芳さんは冷たいのよ」

「僕が?」

「そう。母のお葬式に来ても、声一つ掛けてくれないなんて、あんまりじゃありませんか」

典子は一方的に言って、電話を切った。しばらくは電話を見続けていて、長年のもどかしさが、一度に言葉になって出てしまったのだな、と思った。

新宿《しんじゅく》駅の南口駅前にはバラックのような手荷物一時預り所が建ち並び、大きなトランクや、コントラバス、ドラムといった楽器が詰め込まれていた。バンドマン達が利用していたのだ。陸橋を北に下ると、西口から発車した都電が大きく迂回《うかい》して青梅《おうめ》街道を真っすぐに進んで行く。青梅街道の南側の小路《こみち》には小さな流れがあって、狭い橋などが掛かっている。明治《めいじ》時代にはこの川で水もとができたという。

甲州屋はその川の傍にあるが、今では手荷物預り所も、都電も小川も小橋も、全てが嘘のようになくなってしまった。

そのころから残っているものとすれば、甲州屋の張り場と、張り場の隅に植えられている紫陽花《あじさい》ぐらいのものだ。だが、その命もあと一月ばかりになってしまった。

小石と土だけの、殺風景な張り場で、その紫陽花だけが毎年花をつけるのだが、いつも仕事に追い廻されている職人のことで、茂るにまかせ、木は張り物の邪魔にされるぐらいだった。その紫陽花が、芳雄が奉公するようになってから、しだいに姿が良くなっていった。見ていると、芳雄が仕事の合い間に剪定《せんてい》したり小まめに肥料をやったりしている。その面倒がよかったのか、翌年には今迄にないほどの花が開き、典子達をびっくりさせた。

芳雄は農家の生まれなので、植木を見るとついかまいたくなると言った。仕事に対しても同じ態度だった。芳雄は口数は少なく、細かいところに目が行き届き、蔭日向《かげひなた》なくよく働いた。

芳雄とは対照的に、一年兄貴分の安治は朗らかな、口の軽い男だった。要領がよく、典子の父の目を盗んで仕事をさぼる天才だったが、女客に人気があって、新規の得意を作って、よく、沢山《たくさん》の仕事を取って来た。

安治がいると周りが明るくなり、どんなときでも楽しくなる。勝負ごとに強く、歌もかなり上手《じょうず》だ。だが、長く付き合っていると、底が見えてくる。意外と人間的な懐《ふところ》が浅いのだ。

典子はあまり目立たない芳雄の力に好意的だった。その好意は気づかぬうちに恋に成長した。典子が大学を卒業しても、他の会社には就職せず、家が忙しいのを理由に、甲州屋の店を手伝うようになったのは、いつかは芳雄と結ばれるかも知れないという期待があったからだ。

典子が芳雄を想うのと同じように、芳雄の方でも典子に思慕を抱いていることが判った。とても表現とはいえない、典子の前では厳しすぎるほどに感情を押し隠そうとするのだが、その視線や表情に、典子だけが燃え立つものを読みとることができた。

そのうち二人の間には霊感じみたものが生まれ、特殊な感覚で意思が感応するようになった。それは愛の言葉であり、典子への讃歌であり、優しい愛撫であるときもあった。二人の感応がからみあうとき、典子は幸せだった。

一方、安治は気紛《きまぐ》れのように典子を遊びに誘うことがあった。競馬に行って勝たしてくれたり、うまい酒のある店に案内してくれた。それはそれで楽しかったが、矢張り安治は遊び以外の相手ではなかった。それをよく承知していて、典子と安治がふざけ合っているのを見ても、芳雄は嫌な顔一つしなかった。

その芳雄が、突然、甲州屋を辞めると言い出した。典子の父がこう説明した。

「志茂部黒の親父が訪ねて来て、芳雄の人柄を見込んで、ぜひ娘の婿《むこ》にしたい、と言って来た。志茂部なら店も手広くやっている。勿論《もちろん》、俺の一了簡《いちりょうけん》で返事はできない。芳雄の気持を聞いたところ、あの直美《なおみ》さんならというので、すぐ話が決まった。芳雄は甲州屋を辞め、志茂部黒の婿になる」

志茂部黒は甲州屋と古い取引きがあった。芳雄が志茂部黒に出入りするうち、親方の目に止まったのは不思議ではないが、即座に入婿を承知した芳雄の心が典子には判らなかった。

その日から、芳雄は典子に対して、全く感応を示さなくなった。

今迄のことは、典子だけの錯覚だったのだろうか。だが、何度も繰り返して今迄のことを思い出してみても、思い過ごしや勘違いがあったとは考えられなかった。また、甲州屋と志茂部との資産の多寡《たか》を推算するほど、芳雄は欲得尽くの男ではないはずだった。

ただ、思い当たることといえば、その何日か前、芳雄がひどくふさぎ込んでいたことがあった。

ある訪問着に、ちょっとした染斑《そめむら》があったのを芳雄が見落として、客に届けてしまったのだ。運悪くその相手が気難かし屋だった。話がこじれ、その品物は甲州屋が引き取り、改めて白生地から染め直すことで、やっと一段落した。

しかし、そんな間違いは誰にでもあることだ。その責任を負って甲州屋を辞めるというのなら全く無意味なことだ。

芳雄は長いこと紫陽花の前にしゃがんで、ぼんやりと花を見ていた。

典子が傍に寄ると、芳雄は花を見たままの姿勢で先に話し掛けた。

「色の名を教えて下さい。同じ紫でも色色に言うでしょう。これは？」

「……若紫、でしょう」

「これは？」

「薄紫……かな」

それだけだった。

あるいは、芳雄と志茂部黒の直美とは、典子の知らない間に、深い関係ができていた、と疑ってみたこともある。耳学問で男の恋は精神的なものだけでは満足しないことぐらいは知っている。想像したくはないのだが、直美が積極的に芳雄を誘惑した、とも考えられないことはない。典子は直美を知っているが、そんな感じもするどこか肉感的な美人だった。しかし、芳雄にそれを問いただし、そうだと言われるのが一番辛いと思った。

そのうち、婿入りの支度はどんどん進み、芳雄は甲州屋から出て行った。それと前後して、安治が典子の父に、正式に結婚を申し込んだ。典子の心の隙間に、安治が面白おかしく訪れて来たのだ。

典子はその申し出を受け入れることにした。

その後、志茂部黒との付き合いはしばらく続いたのだが、典子が仕事を持って行ったことは一度もなかった。そのうち、安治は別の黒染屋と取引きするようになった。その店の方が工料が安いという理由からだった。それ以来、志茂部とはすっかり疎遠になり、二、三年前、直美が病死したことを人伝《づ》てに聞いたときも、芳雄が気の毒だという感情はあまり起こらなかった。年月が裏切られた想いを、それだけ踏み固めてしまったようだ。

翌日、典子は廻り道をするから、と安治に言い、よし辰の喪服を持って店を出た。

外は糠雨《ぬかあめ》だった。

冷風が立つと忙しい季節が始まる。一度、閉店を決めてから、安治はすっかり意欲をなくして、その時期が来ないうちに引っ越してしまうつもりだった。安治が予感した通り、今年の秋は早そうだった。

浅草《あさくさ》から東武《とうぶ》伊勢崎《いせさき》線の準急で一時間足らず。昔、春日部と聞いたときには、ずいぶん遠くだと思ったものだが、今では通勤圏内だ。

志茂部黒の工場は駅から徒歩で十分ばかり。張り場を囲む鉤形《かぎがた》の建物は、高田馬場の工場とよく似た造りだった。

盆栽の植木が並ぶ張り場に面した仕事場で、芳雄はガラス戸を開け放して、紋の型を彫っているところだった。別棟の工場では、若い職人が湯熨釜《ゆのしがま》の前で働いていた。

芳雄は典子が持って来た喪服を拡《ひろ》げ、袖紋《そでもん》を見ていて、あの時代なら、きっと須藤さんが彫った型だと話した。

典子はとうとう甲州屋も廃業することになったと言った。芳雄は小さく、溜息《ためいき》を吐《つ》いた。

「そうだったんですか。内でも、古いお馴染《なじ》みが、めっきりと減ってしまいましたよ」

「どこも同じなんですね」

「今では工場にいる子と二人だけ。それでも、手が空くことがありますから、まるで嘘みたいです」

「悪い年廻りなんですって」

「しかし……僕も甲州屋さんには、長いことお世話になったけれど、何一つ恩が返せなかった」

「……昨日の、電話のことを言っているの?」

「ええ。冷たいと言われて当然です。本当に何もすることができなかったんですから」

「それだったら、忘れて頂戴《ちょうだい》。齢を取ったせいか、碌に考えもしないで、言葉の方が先に出てしまうようになったの」

典子はそう言って、じっと芳雄を見詰めた。本当は、その気持を聞きたくてやって来たのだ。故郷を去る日を目前にして、昔のことばかりを考える日日だった。典子は卒業式を前にした生徒のように感傷的になっている気持を自覚していた。

「お神さんの葬式の日、紫陽花が花盛りだったね」

張り場の雨を見ながら、芳雄が独り言のように言った。

「あの株は、典ちゃん達が引っ越した後、どうなるんだろうな」

「……さあ」

「新らしい家に持って行くんじゃないの」

「いいえ。今度のところはマンションですから、置き場がないわ」

「じゃ、置いて行くの」

「ええ。きっと、土地業者に伐《き》られてしまうでしょうね」

「可哀相だな」

典子は感覚を研ぎ澄ませた。すると、何かが感応してきた。

「芳さんがいたとき、よく手入れをしてくれたわね。でも、今は、ぼうぼう……」

「ここに、移したいな」

「じゃ……もらってくれるの」

「典ちゃんがよかったら」

「勿論よ。ぜひ、そうしてください。みすみす伐られてしまうものを、置いてきてしまうことはできないわ」

「じゃ、近い内、もらいに行きます」

芳雄は張り場を見廻した。

「植え換えるとすると、どこがいいと思う?」

典子はそれ以上、感応に頼ってはいられなくなった。

「ねえ、張り場がなくなっても、女は植え換えられないじゃないの」

芳雄は真剣な表情になった。

「それなのに、なぜ志茂部黒へなんか行ってしまったのよ」

「……親方から、聞かなかった?」

「何も」

「お神さんは?」

「母もよ」

「……そうでしたか。それじゃ、まだ典ちゃんが怒るのも当然だ。親方は僕のことなど思わず、典ちゃんに教えてしまった方がよかったんだ」

「一体、何があったの。直美さんが好きで?」

芳雄は少し唇《くちびる》を歪《ゆが》め、首を振った。

「あの当時、僕は典ちゃんのことしか頭になかった」

「じゃ、どうして？」

「僕は黒屋にしか向かないことが、はっきりと判ったから」

「それ、どういう意味？　洗張り屋《あらいはりや》でも同じような仕事じゃないの」

「まるで違いますよ。黒屋には、色がないでしょう」

「………」

「いつか、紫陽花の色を典ちゃんに訊いたことがあったでしょう。忘れたかな」

「いいえ、覚えているわ」

「典ちゃんは、若紫と薄紫という名前を教えてくれましたね。でも、僕の目には、若紫と薄紫との区別ができないんですよ」

「……じゃ」

「ええ。僕は軽度の色弱だったんです。田舎《いなか》の小学校の、簡単な検査では気付かない程度の。でも、染物の複雑な色を扱う職業となると、それでは困ることが起きるでしょう」

「すると……いつか芳さんが染斑を見落としたのは？」

「ええ。見落としではなく、僕には斑が見えなかったんですよ。親方が変だと気付き、医者に診てもらって、紫系統の色に難のある色弱だということが判ったんです。そのころ、たまたま志茂部黒から僕に婿入りの話があって」

「父が、勧めたわけ？」

「ええ。黒屋なら差し支えはない。色弱を隠すこともないが、向こうが知らないのに言うこともないと言って、それで親方は誰にもそのことを教えなかったんでしょうね」

「でも、わたしがいたじゃないの。あなたの欠点ぐらい、わたしが補えたわ」

「でも、この体質は遺伝するんですよ。僕は甲州屋にその血を流し込むことができなかった」

「甲州屋なんて、もう、ないわ」

典子は思わず叫んだ。芳雄は穏やかに言った。

「でも、あの当時は違いましたよ。あの甲州屋や志茂部黒がなくなってしまうなんて、誰が考えましたか」

「……志茂部黒も、なくなってしまうの？」

「多分、僕で終りでしょう」

「ここで、働いている人は？」

「学生のアルバイト。当人は今面白がっていますがね。僕は店を継ぐのは止《よ》せ、と言っているんです」

典子の視界がぼけてしまった。

「それなのに……冷たい、だなんて言ったりして」

芳雄は型彫りの小刀を手に持った。

「忘れろ、と言われたばかりでしょう。ですから、忘れましたよ」

「……わたし、何だかひどい廻り道をして来たみたい」

芳雄は小刀をひねくるだけで、何も言わなかった。

数日して、典子は志茂部黒に仕事を取りに行った。

芳雄の手で、よし辰の喪服は新品同様に仕上がっていた。芳雄も前より打ち解けて、典子のことを昔と少しも変わらないと言った。典子は口では言わなかったが、自分も芳雄に色揚げされたのだ、と思った。

校舎惜別

「これは、恋のお話です。ちょっと風変わりで、悲しい純愛物語を聞いていただきましょう」

石塚《いしづか》がそう切り出すと、今までざわついていた講堂の中が、すうっと静かになるのが判《わか》った。「純愛物語」の効果だった。石塚は出席者の気を持たせるように、無言でがっしりした教卓の上に手を滑らせた。

石塚の挨拶《あいさつ》が五人目だった。それまで、紋切型《もんきりがた》、苦労話の羅列《られつ》に飽き飽きして、私語の多くなった生徒席を見て、とっさにこの話題を選んだ。来賓《らいひん》の川島皓美《かわしまひろみ》先生と昔ながらの教卓が、この恋物語を連想させたのだった。この壇上での話が最後になる。一人でも多くの生徒に耳を傾けさせたいのは人情だ。

「この五洋《ごよう》中学が開校してちょうど六十年。その校舎が建て直されることになって今日の校舎惜別の会。その長い歳月は、おそらく無数の恋愛物語を生んできたことでしょう。中にはめでたく結婚へゴールインし、幸せな家庭を築いている方も多い」

石塚は言葉を切って耳を傾けた。運動場からは子供の歓声が講堂にまで届いている。自分の子供を誇らしげに連れて来ているのは、その幸せな若い夫婦に違いない。

「しかし、恋の多くは実を結ばず、懐しい想い出として残る。自分の思いを相手に伝える機会のないまま卒業して。これも、その小さな一例でしたが、知っているのは私だけ。今まで、誰にも喋《しゃべ》ったことがなかったのです」

石塚はそっと来賓席の方を見た。遠くから見る川島先生はことさら小さく、痩《や》せ細っている。月日は人に対して容赦《ようしゃ》ない、と思う。それとは反対に、石塚が前にしている教卓は、昔のままだった。その変わらない感触に胸が熱くなって、最初の言葉がなかなか出て来なかったのだ。石塚は掌《て》で部厚く頼もしい木の肌を叩いた。

「この六十年の間、私達教職員は入れ替わり立ち替わり。私などは化けるだろうと思われるほどこの学校に通い詰めましたが、それでも、若い人達になるともう私などの顔を知りません。しかし、この学校に入学した者であれば、このテーブルを知らない人は一人もないでしょう。長長しい式や行事のたびに、あくびを噛《か》み殺しながら、このテーブルとにらめっこをし、そう、皆さんの中には、このテーブルの唐草模様や校章を空で描ける人が何人もいるに違いない」

笑い声が起こった。誰もが身に覚えのある証拠だ。

「このテーブルはこの学校の創立のときからありまして、六十年もの間、おそらく無数の生徒諸君がこのテーブルに駈け登り飛び降りたことでしょうが、偉い指物師《さしものし》ですな。今、見ると方方に傷はあるものの、作りに寸分の狂いもない。ただし、この木彫の校章だけは別でして、実は、これが二代目。どうです？　このことを知っている人は、そう多くはないでしょう。一度だけ、この木彫を作り直したことがあるのです。なぜ、作り直さなければならなかったか。これを、薪《まき》割りのようなもので、叩き毀《こわ》した人がいたからです」

　生徒席は最初よりも静かになった。石塚は続けた。

「昭和二十一年。敗戦の翌年です。よく、戦後の混乱期などと人は言いますが、混乱する以前に、空白の時代があったように思います。混乱とは我に返ったときはじめて起こるものでして、それまで、勝利の日をただ目的に突き進んでいた日本全体が、突然、その目標を失ってしまったのですから、混乱が起きる前、まず空白の時代があった。空襲の連続で夜には燈《とう》火《か》もつけられない。この校舎にも至るところ焼夷弾《しょういだん》が落とされまして、まだ独身だった私は学校に泊っていて、空襲のたびに、その一つ一つを叩き消して廻《まわ》ったものです。それが、敗戦の夜からは嘘のように静かな夜で、私は空《から》っぽの頭で、夜、屋上にひっくり返って、澄んだ星空を眺めていたものです」

　喋っているうち、これはいけない、と思う。つい、苦労話へと流れがちになる。それは、禁物と壇に登ったのだ。苦労を言いはじめれば限《き》りがない。今、それを伝えるにはあまりにも時間と言葉が少なすぎる。

「敗戦の翌年には、各地に散っていた集団疎開の小学生たちが東京へ帰って来て、三月には中学の入試。学制が改められて、五洋中学が五洋高校に変わったのがその翌年ですから、そのときの入試が、最後の中学入試になったわけです。なにしろ、空白の時代です。どんな試験をしていいか判らない。中には、当時皆が身体《からだ》に飼っていたシラミについての珍題があったのを覚えています。そのとき入学した生徒は、翌年学校が高校に改められると、五洋高校併設中学校という一時的な名を付けられまして、気の毒なことに中学を卒業するまで後輩がなく、上級生風を吹かすことができませんでした。さて、この中学生に、堀田《ほった》茂樹《しげき》という生徒がいました。仲間が付けたあだ名はオットット。オットセイのオットですな。色が黒くて鼻が尖《とが》り、どことなく愛敬《あいきよう》がある。皆の人気者でしたが、この堀田は実に不思議な境遇にいました。今ではとても考えられないことですが」

一学期が終るころ、職員室でオットのことが話題になっていた。石塚はその途中で職員室に入って来て、C組の堀田の奴は困ったという言葉を耳にして、弁護するようなことを言った。オットには好意を持っていたからだった。だが、同僚はあきれたような顔をして、

「先生、じゃ、堀田の素姓を知らないんですか」

と、言った。

「堀田の素姓？」

「ええ。あの堀田は内の生徒じゃないんですよ」

「……生徒でない、とすると」

「先生もずいぶん呑気《のんき》ですね。生徒の出欠をとったことはないんですか」

石塚は当時、幾何学《きかがく》と図画を担当していた。教員が不足していて、できることはなんでもやらなければならなかった。その両方の授業とも、生徒の名を点呼したりはしない。生徒を見廻して、

「欠席は誰かね？」

欠席者は隣の生徒が名を告げる。そのやり方だから、堀田の名が生徒名簿にないことを知らなかったのだ。

「もぐりの生徒だったんですか。それにしては、皆と仲良くやっているようじゃないですか」

と、石塚は言った。

「まあ、人柄でしょうかね。堀田はC組の野球チームにも入っているんですよ。今ではチームに欠かせない一塁手になっているみたいです」

オットを問い質《ただ》すと、疎開に行っている間に、戦災で両親を亡くした戦災孤児だという。集団疎開が解散になってから、四谷《よつや》にいる叔父のところへ引き取られ、家業の湯屋を手伝うようになった。

最初、オットは近くにある私立の明京中学校《めいきょう》へもぐり込んでいたが、これはすぐ見付かって追い出された。明京中の生徒はほとんど制服に制帽といったきちんとした身形《みな》りで通学している。オットのようなよれよれの菜っ葉服を着ていれば、すぐに目立ったのだ。混乱期でも、子供に制服を誂《あつら》えてやれる家庭は、厳然として残っていた。

一度失敗してから、オットは要領がよくなった。今度は五洋中学に目を付けると、まず、ボスらしい生徒に取り入って友達を作る。教壇から生徒が目立たない階段教室からはじまって、あまり几帳面《きちょうめん》でなさそうな先生の教室に出入りするようになった。石塚の授業などは打って付けだったようで、言われるまでオットがもぐりの生徒だと疑ったことは一度もなかった。

とにかく、オットにとっては五洋中学がいやすい場所で、家業の閑《ひま》を盗んでは、ほとんど休まずに通学している。

「わたしは、堀田君のことは前から知っていました」

と、C組を担当している川島先生が言った。

「でも、真剣に授業を聞いている堀田君を見ていると、どうしても教室から追い立てることができないんです」

川島先生はよくNHKの朝の連続ドラマに出て来る、主役みたいな女性だった。独身。明るく清潔で、何事にも真剣そのもの。多少、出しゃばりで、少少、おっちょこちょいというタイプの、国語を担当している教員だった。

「しかし……世の中に孤児は堀田だけじゃない」

渋い顔をしたのは、オットの問題提起をした石塚の同僚だった。

「そういう者を黙認すれば、学校として公道に外れることになるでしょう」

川島先生は首を振った。

「わたしはそうは思いません。堀田君のことはC組全員が支援しています。こういうのが、本当の民主主義じゃないでしょうか」

聞いていた石塚は、うまいことを言うもんだと感心した。

当時、民主主義という言葉は、一種の呪文だった。勝者の国の民主主義は、当然、敗者の国が倣《なら》わねばならない。民主主義は正義であり道徳である。民主主義に反する者は、国賊だ。

相手が黙ってしまったのを見て、川島先生は付け加えた。

「折を見て、わたしが堀田君の家に行き、叔父さんと話し合ってみましょう。堀田君の学力なら、途中で編入させてもいいと思っています」

「しかし……校長が何と言いますかね」

校長は決して太っ腹とは言えない男だった。川島先生は、だからしばらくは校長の耳には入れないでほしいと言った。

「堀田君の責任は、わたしが持ちます。ですから、しばらくは様子を見てやっていて下さい」

　実際、川島先生はオットの家へ相談しに行こうとした。だが、当人のオットが反対した。
「叔父にこのことが知れると、叱《しか》られてしまいます。もう、学校へは来られなくなります」
　と、言うのだ。

　そのうち、一学期が終って夏休み。石塚が注意していると、オットはちょいちょい運動場に姿を見せて、野球のチームと楽しそうにしていた。

　五洋中学のグラウンドが調布《ちょうふ》にある。オットは皆とそこまでついて来たこともある。

　もっとも、野球の試合に、ではない。グラウンドは戦災を免《まぬか》れていたが、その代わり全部が掘り返されて芋畠《いもばたけ》になっていて、スポーツなどできない状態だった。生徒はそのグラウンドへ芋掘りに行くのである。

　そのころ、オットはいつの間にか、美術部の客分になっていた。まだまだ不自由だった絵の具や画用紙が美術部では自由に使えるのである。オットは放課後の美術部員に混って、大胆で感性の豊かな絵を描くことがあった。

　秋の文化祭で、石塚は思い切ってオットの作品を展示することにした。招待作品としてだった。石塚は別に民主主義を意識したわけではない。ただ、公開しなければ惜しい画《え》だと思ったからだ。また、オットがこのままの立場でいいとしたからでもない。逆にその立場をはっきりさせたかった。招待することは、いつでも退席させることもできる、という意味だ。

それをはっきりオットに知らせるつもりだった。

ところが、その決着がつかぬうちに、オットの立場が微妙に変わってきた。

そのころ、学校の中で、しきりに盗難事件が起こるようになった。事件、というほど大きな盗みはなかったが、教員の家が荒されて、書物とか筆記具といったものが見えなくなる。

家を焼け出された職員が、校舎のあちこちに寝起きしていた。当分使われそうにもない地下の食堂を区切ったり、体育館の職員室や屋上の天文台までが使われていて、仮の住居は十所帯以上にものぼった。

その職員の家に何者かが忍び込み、ちょっとした物を持ち去るのだ。それが、誰言うともなくオットの仕業だ、という噂《うわさ》が流れはじめた。

元元が学校に忍び込み、授業を盗み聞きしている男だ。オットには仲の良い友達がいても、快く思っていない生徒も多いに違いない。余所者《よそもの》が白い目で見られることに不思議はない。

噂が大きくなれば、校長の耳にも届くに違いない。

ある日、川島先生に頼まれて、石塚が立会人になり、オットのロッカーを調べることにした。

各階の廊下の両側には三十センチほどの幅で鉄製のロッカーが並んでいる。誰がどのロッカーを使えという規則はない。誰もが自由に南京錠《ナンキンじょう》を取り付けて自分のものにしていた。実際に使われているロッカーは、全体の三分の一もなかった。極端に物が不足していたときだから、ロッカーなど必要でない生徒の方が多かったのだ。

オットは石塚と川島先生を自分のロッカーの前に連れて行った。講堂の横の薄暗い廊下で、普段はあまり生徒が通らない場所だった。そのあたりのロッカーにはどれも錠はなく、オットが使っているロッカーにだけ、小ぶりの数字錠が光っていた。オットは錠のダイヤルを合わせた。一、六、三。石塚はその番号をまだ覚えている。

扉を開くと、ロッカーの中は整然と本やノートが並んでいた。下には野球のグローブと運動靴が置かれている。盗品には本も含まれていたが、それに該当するような本は一冊もなかった。石塚が何気なく手にした小説を開くと、最後の見返しに古本屋の値段が鉛筆で書き込まれていた。

この小さなロッカーは、オットの部屋なのだ、と石塚は思った。価値の点からすれば、城《じょう》郭《かく》と呼んでもいいかも知れない。

おそらく、家に持ち帰れば、叔父の小言を誘う品品で、叔父の前では新聞を読んでも嫌な顔をされるのだろう。オットは授業に出ないときはこのロッカーから好きな本を取り出して、人気《ひとけ》のない講堂に入って読み耽《ふけ》っていたはずだ。

ともかく、一連の盗難に対してオットの容疑は晴れたわけだが、川島先生はこれがいい機会と思ったようで、ロッカーを閉じたオットに言った。

「嫌な思いをさせましたが、堀田君にも良くない点があるのは充分承知しているでしょうね」

頰《ほお》を上気させていたオットは、素直にはい、と言った。

「堀田君の立場がはっきりとしていないから、いろいろ陰で言われたりするんです。来年はちゃんと編入試験を受けるんでしょうね」

「……それが、だめなんです。僕、きちんと、一日中学校にいることができないんです」

湯屋をしている叔父の家では、オットの労働力に頼るところが多いようだ。川島先生は言った。

「じゃ、二部に入学したらどうなの。ここの夜学に通っている生徒は多勢いるわ」

「……それも。家は夜が忙しい仕事ですから」

「でも、堀田君は学校が好きなんでしょう」

「はい」

「一度、叔父さんによく話してみたらどうなの」

「いいんです。湯屋に学問は必要ないんですから」

最後の言葉は捨て鉢な調子になった。

その後、オットはあまり石塚の授業に姿を見せなくなった。気になって川島先生に訊くと、自分のところでも同じだと言う。しかし、C組の仲間達とは、相変わらず野球を続けているらしい。

「わたし、堀田君の向学心を摘み取るようなことを言ったのかしら」

と、川島先生は残念そうに言った。

世の中は闇屋が我もの顔に横行し、潔癖に闇物資を買わなかった某判事が餓死した。教科書に表紙もつけられない紙不足なのに、アート紙に刷った美美しいポスターが町に貼られている。見渡せば理不尽なことばかりだ。川島先生がいくら口惜《くや》しがっても、世の中がどうなるものでもない。

石塚はオットは家業が辛くなったのだろう、と思った。叔父の家でオットがはじめて迎える冬だ。湯屋の仕事がどんなものか知らないが、水仕事だから寒さが楽ということはあり得ない。

しかし、オットのことを本気で心配したのは川島先生ぐらいだった。他の教員は気にはしているらしいのだが、矢張り厄介者《やっかいもの》がいなくなったという気持の方が強いようで、段段とオットのことは話題にも登らなくなった。

そして、講堂の教卓が傷にされたのが、翌年の一月中頃だ。

このときは、数人の目撃者がいた。その生徒たちの目の前で、気が違ったようになったオットが薪割りのようなものを振い、教卓の校章に打ち下ろした、という。

以来、学校でオットを見掛けた者は一人もいない。

新学年を迎えて、それまで自由に使っていたロッカーが整理されることになった。ロッカーを使用する生徒が多くなったからだ。

全員の生徒に、ロッカーの荷物を取り出して空にしておくよう通達があったとき、石塚はオットが使っていたロッカーを思い出した。講堂の横に行くと、見覚えのある数字錠が、そのままになっていた。

石塚は今度は川島先生に立ち会ってもらい、そのロッカーを開けることにした。

「錠の番号を知っているんですか」

と、川島先生はふしぎそうな顔をした。

「ええ、一度、堀田にここを開けさせたことがあったでしょう」

「……さすが数学の先生ね。そのときの番号を覚えているんですか」

「ええ。確か、一六三。この番号には意味があるでしょう」

「……どんな？」

「知らなかったんですか。一六三《ひろみ》——ほら、川島先生のお名前じゃありませんか」

もしかするとオットは、川島先生に恋心を抱いていたのかも知れない。それは、空襲で死んだ母親の面影《おもかげ》を川島先生に見た、と考えるのが易しい。そう思いながら川島先生の顔を窺《うかが》ったが、その表情は少しも動かなかった。

恋の証拠は、開けたロッカーの中からも見付かった。ロッカーの中はあのときのままだった。細かく調べると、ある一冊のノートに、数多くの川島先生の似顔絵とともに、詩のようなものが書き込まれていた。

「これは、いけないわ」

と、川島先生が言った。

いけない理由はすぐに判る。このノートは学校に放置したままでは、いけないものだったのだ。オットが登校を諦《あきら》めたのなら、当然、このノートは持ち出されて、オットの傍《そば》に置かれていなければならない。

その日の放課後、石塚と川島先生はロッカーにあった品品を持って、オットの家を尋ねた。

オットの叔父は丁重に二人を迎え、オットは一月《ひとつき》前に、交通事故で死んだ、と言った。

「場所は神田神保町《かんだじんぼうちょう》の一《ひと》ツ橋《ばし》寄りの路上で、たまたま自転車で先《さ》きを急いでいた堀田君は、都電のレールの間に前輪を挟ませて転んでしまったのです。そこを、運悪く後ろから走ってきた進駐軍のジープに轢《ひ》かれて即死。目撃者はジープの運転が乱暴だった、と言ったそうですが、なにしろ相手が相手ですから、結局はどうすることもできませんでした」

話が少し長くなったが、生徒席がざわつくようなことはなかった。石塚は後を続けた。

「私達が堀田君の遺品を渡して事情を話すと、叔父さんは目に涙を浮かべ、堀田君が学校へ通っていたことなど、少しも知らなかった。小さいころから学校の成績が良かった子でしたから、なんとか進学させてやりたい。この年を越せば、いくらかは落着くだろう。学費ぐらいは出してやると言うのを、いえ、僕は学校が嫌いですからと、耳を貸さなかった、と言いまして、あの子の気持が判らなかった自分が口惜しい、と繰り返すばかりです」

石塚は話の中で川島先生の実名は出さなかったが、当人はとうに悟っているはずだ。

「久し振りにこの講堂の壇に立ちまして、この教卓を見たとき、なぜかこのエピソードを思い出し、ぜひ、皆さんに聞いてもらいたいと思ったのです。私は今でも堀田君のことを、もぐりの生徒だとは思えません。皆さんと同じ教え子の一人だと考えているのです」

石塚はそう締め括《くく》って壇を降りた。元の来賓席に戻ると、隣にいる川島先生が小声で、

「良いお話でしたわ。わたし、目を覚まされたような気がしました。こんなこと、本当に久し振りです」

と、言った。

式が終り、会場が校庭に移されて、立食パーティとなった。

カメラを持った出席者が多い。楽しい苦しいの違いはあるが、それぞれの青春への思いが校舎に刻み込まれている。その最後の姿をカメラに収めたいのだ。六月も近く、塀際に並んでいるポプラの緑が生き生きとしている。

石塚は乞われるまま、あちこちのグループの中に立って、レンズの方に笑顔を向けた。

しばらくすると、校内アナウンスがあった。

呼び出されているのは川島先生で、家から迎えの車が来ているようだ。石塚はずっと気にしていたのだが、パーティ場では一度も川島先生の姿を見掛けなかった。アナウンスで呼ばれているのだから、玄関のあたりにいれば、川島先生と出会うに違いない。石塚はそう思って場所を移動することにしたが、川島先生はいつまでも姿を見せなかった。

そのうち、二度、三度、スピーカーから川島先生の名が聞こえた。

石塚はふと思い付いて、講堂へ戻って見る気になった。予感のようなものだった。出席者の誰もが、校舎を去り難《がた》い気持になっている。

予感が当たった。がらんとした講堂の中で、川島先生は独りだけ生徒席の中央に坐《すわ》って、じっと教卓に見入っていた。石塚はそっと近付いて、その横に腰を下ろし、川島先生に声を掛けた。

「アナウンスなら聞こえていますわ。耳だけはまだ達者なんです」

川島先生は少しもあわてなかった。

「息子の車なんですよ。放っておきましょう」

「……いいんですか」

「構いませんわ。あれが親切ぶるのは、財産が目当てなんですから」

石塚はちょっとびっくりし、すぐ相槌《あいづち》を打つことができなくなった。

「お恥かしい話ですが、不出来な子供ばかりでしてね。そんな風に育てたつもりはないんですけれど、なにかと言うと、お金のことばかり……」

「……それは世間の風潮がそうなんですから仕方のないことでしょう」

「ごめんなさいね。せっかく石塚先生が来てくれたのに、愚痴《ぐち》になってしまって」

なんとなく、家庭の中がうまくいっていない感じが気になった。石塚は訊いた。

「ご主人はお元気ですか」

「今、入院していますの。一昨年《おととし》倒れて、それから入退院を繰り返して。今年に入ってからは身体中にゴムの管を沢山《たくさん》付けられているわ」

「……ご苦労なさっているんですね」

「そんなことよりも、先生。さっきのお話を聞いて、とても感激しましたわ」

石塚が壇を下りたときは、目を覚まされたようだ、と言ったはずだ。

「最近、すっかりぼけてしまって、少し前のことすら思い出せないことがあるんです。孫たちにもばかにされましてね。でも、あの当時のことは昨日のように覚えているんです。勿論《もちろん》、堀田君のことは忘れることができません。でも、先生。わたしは自分のして来たことが間違っているなどと思ったことはこれまで、一度もなかった。でも、そうじゃないことが、今日は痛いほど判りました」

「……堀田のことで？」

「ええ。先生のお話でそれが判りました。あのときのわたしの態度は、どこまでも中途半端だったんですね。堀田君を庇《かば》うなら、校長を説得して、一日も早く正規の生徒にしてやるべきでした。それができなければ、断固として学校から締め出さなければならなかった」

それは、多分、正しい考えだろう。オットが中途半端な扱いを受けていたからこそ、新学期が迫るにつれて焦りと絶望がつのり、最後に爆発して狂暴な行動をとらせたのだ。オットが死ぬ前の心境は、決しておだやかではなかったはずだ。

「この学校が取り毀されるのを知ったときはずいぶん遣《や》り切れない気がしました。でも、今ではその方がいいのだと考えることができます」

「……新しい設備が取り入れられない、中途半端な建物になってしまったからですね」

「ええ。物事を割り切れないのは、優柔不断と言いましたね」

「しかし……私の知っている川島先生は、確《しっか》りした性格だったと思いますがね」

「それは見掛けだけ。鼻っ柱が強かっただけ。本当はそんなもんじゃありません」

「……そうですかね」

「そうですよ。それが証拠に、わたしは石塚先生に恋をしていたのに、それが言えなかったんですから」

そして、石塚の目をじっと見た。

「ねえ、先生。キスをしていただけません?」

川島先生が石塚の話を聞いて「目を覚まされたようだ」と言った言葉には、石塚が思っていたより、深い意味が籠《こ》められていたのである。

石塚は川島先生と接吻《せっぷん》した脣《くちびる》の味よりも、抱き寄せるとすっかり小さくなった肩の感触を、生涯忘れることができなかった。

いつの間にか、校庭では校歌の大合唱がはじまっている。

川島先生の夫、川島法明《のりあき》が死んだのは、それから一月ほど後で、石塚は新聞の死亡記事で、はじめて川島法明が、元向井《むかい》建設の常務だったことを知った。新聞には胃癌《いがん》のため盛栄堂《せいえいどう》病院で死亡したと記されている。八十歳というと川島先生より八つ年上だ。喪主は長男の勉《つとむ》氏。

五洋高校の校舎惜別の会に、車で川島先生を迎えに来た人らしいが、石塚は会っていない。

川島家は文京《ぶんきょう》区の千石《せんごく》で、行って見て川島先生が「あれが親切ぶるのは、財産が目当てなんですから」と言った言葉が実感になるほど、広い庭を持った邸《やしき》だった。

だが、その割には地味すぎる祭壇だった。石塚が思ったほど弔問客《ちょうもん》も多くはない。

川島先生は一月前より更に一周り小さくなった感じで黒の喪服に包まれていた。五洋高校で会っていなかったら、とても川島先生だと判りそうもない。老いさらばえた、ただの老婆だった。

だが、川島先生は石塚の前に立つと、少しもぼけの気配も見せなかった。丁寧《ていねい》に弔問の礼を述べ、識《し》り合《あ》いが少なくて淋《さび》しいから、骨揚げに立ち会ってほしい、と言った。実際に同年輩の会葬者が川島先生に話し掛けて来るようなことはなく、親類も川島先生を避けているかのようにみえた。

川島先生はほとんど石塚の傍にいて、亡くなった主人のことを話し続けた。話には澱《よど》みがなく、そのうちはじめて聞く昔話に引き込まれていった。

「主人は野球の選手に憧れていたんです。才能のことは別にして、戦争のために選手になることができなくて、それでもその夢が忘れられなくて、草野球の監督になって、日曜日というと朝早くから家を出て行ってしまう人でした」

ちょうどそのとき幼ない男の子が川島先生の傍に寄って来て、ふしぎそうな顔で二人を見上げた。

川島先生は目を細めて言った。

「この子ははじめての曾孫《ひまご》なの。まだ、邪心がなくて、とても可愛いわ」

そして、石塚先生にご挨拶なさい、と言った。

子供はぺこりと頭を下げると、そのまま駈け出そうとした。だが、川島先生の手の方が早かった。先生は子供の袖《そで》を捕えて、怖い顔に変わった。

「なんですか、それは。きちんとおじぎをしなさい。中途半端はいけない、と教えたばかりでしょう」

声までが凛《りん》としている。

子供は打って変わった態度に、びっくりしたように泣きだした。すぐ、母親らしい女性が飛んで来て、子供を抱きかかえると、川島先生を睨《にら》み付けるようにして去って行った。

「全く……親も、親ですわ。全く、子の躾《しつけ》がなっていません」

石塚は大きくうなずいた。

「川島先生は昔と変わりませんね。先生が生徒を叱り付けていたのが昨日のようですよ」

「……昔のままだなんて、先生も人が悪いわ」

「いえ、お世辞でなく、そう思います」

「昔と言うと、今日、あの堀田君が来てくれましたわ」

「……堀田と言うと、あのオットですか」

「ええ、オットです」

「しかし……堀田ならジープに轢かれて死んだのでしょう」

「それが、違うんです。よく聞くと、堀田君の叔父がわたし達にそう嘘を吐《つ》いたのだそうですよ。堀田君が学校へでも行くようになると家業の差し支えになる。そう思って。ほら、あのときわたし達、真剣な顔で叔父さんの家へ行ったじゃありませんか。叔父はそれを見て、堀田君をいなくするのが、一番早道だと、咄嗟《とっさ》にそう言ってしまったんです」

「……それは、本人の口から聞いたんですか」

「ええ。さっきまで一緒でした。すっかり立派になって。でも、忙しそうな様子でしたから、もう帰ったかもしれませんわ」

「……それは、少しも知らなかった」

「そうなんですよ。わたし、叱ってやったわ。あのときはとても悲しい思いをした、って」

「そうしたら?」

「そうしたら……あら、嫌。先生、あのとき先生も堀田君の気持を知っていたでしょう」

川島先生は若い女性のように両頬へ手を当てた。どうやら堀田は叶うことができない川島先生への恋に思い切りを付けたかった、という意味らしい。

石塚は半信半疑だったが、川島先生の言葉ははっきりしていた。本当にオットが来ているのならぜひ会いたい。そう思って数少ない会葬者の間を歩いていると一人の青年に声を掛けられた。

「石塚先生ですね」

顔は覚えているが、名が浮んでこない。齢《とし》を取ったのは自分も同じだと思い知らされる。

「五洋高校でお世話になった、須田《すだ》誠一《せいいち》です」

と、青年は快活に名乗った。

須田の年齢からすると、五洋高校時代の最後の方の教え子のようだ。石塚は五洋高校の教頭になった後、他の高校の校長を五年間勤め、退職している。

「先生は川島さんとお知り合いだったんですか」

と、須田は訊いた。

「ご主人の方ではなく、奥さんとね」

「奥さん……というと、美容院で働いている?」

「違うようですね。私が知っているのは、川島晧美さんです」

「……じゃ、あのお婆さんですか」

「ええ。川島先生は昔、五洋高校の教員だったんですよ」

「……本当ですか」

出産のとき退職した川島先生を知らないのは当然だが、須田の驚き方は大袈裟《おおげさ》だった。しばらく口を開けたままだった。須田は言った。

「信じられませんね。あの、お婆さんが、ですか」

「つい一月ほど前、五洋高校の校舎のお別れ会があったでしょう」

「そうでした。通知はもらったんですが、つい忙しくて出席しませんでした」

若い証拠だ。今が面白くて、過去を振り返る閑などないのだろう。

「そのとき、私も久し振りに川島先生とお会いしましてね。いろいろお話をして来たのです。当時、生徒に一番人気のある先生でしたよ」

「……じゃあ、本当だ。いえ、疑うわけじゃありませんが、ちっとも知りませんでした」

「それは、そうでしょう。まだ、君が生まれていない昔ですからね」

「……実は、僕の祖母が川島さんのお婆さんと友達なんです。祖母はこのところ腰を痛めていて外へ出られないので、僕が代理で来たんです」

「世間は意外と狭いものだね」

「それもそうですけど……あのお婆——いえ、あの先生。この辺じゃ、ちょっと有名なんですよ」

「……なんで有名なのかね」

「悪口を言うようですけれど、ぼけ老人で。内の婆さんでも手を焼いているくらいなんです」

「ほう……」

「他人の家も自分の家も見境いが付かなくなっているみたいで、勝手に上がり込んで来て、いつまでも喋っているんです。それも、面白いことを言うなら別ですけど、自分の子供たちの悪口ばっかし。息子が嫁に甘すぎるとか、自分の留守に息子が部屋を探して預金通帳を持って行ってしまったとか、碌《ろく》でもないんです。そうして、自分が難産で死ぬ思いをしたことや、どんなに苦労して子育てをしたかを、繰り返し喋るんだそうです」

川島先生が孫たちにもばかにされると言ったことは、嘘ではないようだ。

「最近では、ちょっと遠出をすると、自分の家に戻れなくなってしまうんです。嫁にやった娘に会いたいんだが、行くこともできなくなった、と泣くんです」

「……泣くくらいなら電話をして、呼び寄せたらどうなんだね」

「なんだか、息子さんの兄妹《きょうだい》は仲が良くないみたいですよ。先生が娘さんのところへ電話をしたことが判ると、息子さんが怒鳴るんだそうです」

「……それを、ご主人は黙っていたのかね？」

「よく知りません。でも、お爺《じい》さんは長いこと患っていましたから、相談相手にならなかったんでしょうね」

「……家庭に複雑な事情があるんだな」

「そうらしいですね。家庭のことですから、息子さんたちの話も聞いてみなければ判りませんけれど」

勿論、その言葉は正しい。しかし、他の人の言い分を聞いたとしても、典型的なぼけ老人の姿は訂正されそうにもない。須田は追い討ちをかけるように付け加えた。

「さっきも、僕が記帳していると傍に寄って来て、堀田君、なんて声を掛けるんです」

「……堀田？」

「ええ。誰かと勘違いしているんでしょうが、気持悪かったですよ。変に慣れ慣れしくって」

とすると、川島先生のぼけは病気に近いといってよさそうだった。

火葬場の待合室で骨揚げを待っている間、石塚は川島先生に訊いた。

「堀田は今年いくつになったんでしょう」

「早いものね。見違えるほどいい青年になったわ。二十五、六かしら」

「……堀田は川島先生の初恋の人でしょう。どうです。そろそろ想いを叶えてやったら。きっと喜びますよ」

「それはいけません。わたしには石塚先生がいるじゃありませんか」

「……ご主人も亡くなったことだし。今度、一緒に旅行をしませんか」

「先生は意外と不良なんですね」

「最初にキスをしてと言ったのはあなたでしたよ。覚えているでしょう」

「ええ……忘れやしません。でも……主人の喪が明けてからね」

石塚はそっと骨と皮だけになった川島先生の手を握った。意外と強い力が返って来た。古くなった校舎ではない。人の心のあるうちは、全てが崩壊するまで見捨ててしまうわけにはいかないのだった。

川島先生の顔が上気するのが判った。

解説

新保博久

　創元推理文庫に直木《なおき》賞受賞作が収録されるのは、この『蔭桔梗《かげききよう》』が初めてのことだ。というのは嘘である。色紙を頼まれたら、「誠」でなく「嘘」と書いたりするという泡坂《あわさか》妻夫《つまお》の本だけに、つい嘘をついてしまった。もちろん『蔭桔梗』が直木賞を射止めたのは嘘ではない。

　これまで本文庫に直木賞作品が収められたことはないと言われて、そうかなと一瞬でも信じてくれるのは、年配の読者かもしれない。一時期まで久しく、この賞はミステリでは獲れないと言われていたのだから。

　本文庫初の直木賞受賞作は木々《きぎ》高太郎《たかたろう》『人生の阿呆《あほう》』(一九三六＝昭和十一年初刊、一九八八年創元推理文庫化)で、賞の創設まもない第四回に栄冠を射止めたが、あとがほとんど続かなかった。同作が数々の推理小説全集、大衆文学全集に木々長編の代表作として採られているのは、戦前の探偵小説界にはめったにない直木賞という冠あればこそだろう。現代の目で見れば眼高手低《がんこうしゅてい》の作と思われ、もっと勝れた長編が木々作品にはいくらもある。創元版〈日本探偵小説全集〉の『木々高太郎集』であえて外した『人生の阿呆』を、参考作品ふうに単独で文庫化したのは、一つの見識を示したものだ。このほか戦前のミステリ系作家では、
橘外男《たちばなそとお》「ナリン殿下への回想」（一九三八年）にしか授賞されていない（久生十蘭《ひさおじゅうらん》の受賞は戦後で、しかも作品は時代小説「鈴木主水《すずきもんど》」）。
戦後も十三年を経て久々に斯界からの受賞作となった、多岐川恭《たきがわきょう》『落ちる』（一九五八年）に所収の三編「**落ちる**」「**ある脅迫**」「**笑う男**」は同題文庫版（二〇〇一年）にすべて収録された。翌々回の戸板康二《といたやすじ》「**團十郎《だんじゅうろう》切腹事件**」（一九五九年）は現在に至るも直木賞史上唯一の本格推理だ。八代目團十郎自死の謎に挑むアームチェア・ディテクティヴで時代推理的な趣《おもむき》もあるが、往時の選評を見ると、現代犯罪を扱った前集『車引《くるまひき》殺人事件』と併せて贈賞された気配も感じられる。『中村雅楽《なかむらがらく》探偵全集１／團十郎切腹事件』（二〇〇七年）に収録。『平成怪奇小説傑作集２』（二〇一九年）に選ばれた朱川湊人《しゅかわみなと》「**トカビの夜**」は今のところ、なかでは最も新しい受賞作『花まんま』（二〇〇五年）の巻頭を飾ったものだ。
そして、連城三紀彦《れんじょうみきひこ》「**恋文**」（一九八三年）。同じ短編集から『連城三紀彦傑作集１／六《りっ》花《か》の印《いん》』（二〇一八年）に「紅き唇《くちびる》」（一九八三年）も採られているが、こちらは雑誌発表の段階でノミネートされたさい落とされているせいで、『恋文』（一九八四年）の候補時には検討対象に入らなかった。受賞短編集に含まれているのに厳密には受賞作でないという珍し

い例だろう。以上、太字が創元推理文庫に再録された直木賞受賞作のすべてである。あんがい少ない。

ともかく受賞短編集が丸ごと、創元推理文庫入りするのは初めてであり、『蔭桔梗』は電子書籍などで入手可能だったとはいえ、新潮文庫版から三十年ぶりの復刊になる。お見逃しなきよう。直木賞（第百三回：一九九〇年上半期）受賞作だから優れている、と言いたいわけではない。優れているから受賞したのだ。むしろ、泡坂ファンには、直木賞受賞作だから読むのを後回しにされているのではないかと懸念される。

先にも書いたように、推理小説は直木賞候補には不利である時代が長く続いた。それは推理小説がトリックやプロットの都合上、登場人物の人間性や、この世のありようを歪《ゆが》めていると批判されやすかったからだが、推理小説でない恋愛小説や時代小説は、作者の都合によって人物を動かしていないだろうか。愛し合う者同士が作者の意向で出会いを妨げられたり、仇討《あだう》ちを誓う武士が目指す敵とすれ違い続けるような設定は、文学にあるまじきでないといえるかどうか。それらは御都合主義ならぬ、いわば不都合主義だから黙認されやすいとしても、そういった不自然が作中に出てくると、推理小説であるせいだと、一部選考委員にはしばしば決めつけられたようだ。

昭和四十年代には、編集者が推理作家に直木賞を獲らせようとして、推理味を抑えた作品を書かせたと勘ぐられかねない傾向も見られる。それで文学的吟味《ぎんみ》にも耐えられる作品が生まれたのだから眉《まゆ》をひそめるまでもないが、三好徹《みよしとおる》「聖少女」（一九六七年）、陳舜臣《ちんしゆんしん》「青玉獅子香炉《せいぎょくししこうろ》」（一九六八年）などが該当するだろう。結城昌治《ゆうきしょうじ》『軍旗はためく下に』（一九七〇年）は特に直木賞を意識したものでもなさそうだが、伝奇色を排して人情ものを試みた半村良《はんむらりょう》「雨やどり」（一九七四年）も、この流れで理解できる。

そういう意味では、純粋にハードボイルド・ミステリである生島治郎《いくしまじろう》『追いつめる』（一九六七年）が受賞しているのはエポックメーキングだ。選考会の七月二十一日は、現在なら待ち会と称して、候補作の担当者や各社の編集者、知友を招んで発表会場近くで待機するところながら（ウイルス禍で四年ほどは沙汰止みだが）、生島氏のころはそういう習慣もなく、「こういうときはなにかで気をまぎらせているにかぎる。結城昌治宅へブラック・ジャックをしに行くことに決めた。女房（小泉喜美子《こいずみきみこ》）には、そんなことはあるまいが、万一受賞したら電話しろ、落ちたら電話に及ばぬと云いおいて出かけ」（『小説現代』一九六七年十月号「酒中日記」）たそうだから、隔世の感があるが。それほどに、ミステリで受賞できるとは期待しにくかったのだろう。

しかし『追いつめる』の受賞はただちに流れを変えるには至らず、昭和五十年代以降も胡桃沢耕史《くるみざわこうし》『黒パン俘虜記《ふりょき》』（一九八三年）、連城三紀彦『恋文』、皆川博子《みながわひろこ》『恋紅《こいべに》』（一九八六年）と、ミステリを多く書いてきた作家でも普通小説への接近を示した場合の受賞例が目につく。ストレートなミステリが当たり前のように直木賞を射止めるのは、逢坂剛《おうさかごう》『カディスの赤い星』(一九八六年)、原尞《はらりょう》『私が殺した少女』(一九八九年)あたりからのことなのである。あるいは昭和六十(一九八五)年から、陳舜臣・藤沢周平《ふじさわしゅうへい》といったミステリに理解の深い選考委員が新規参入した影響もあるかもしれない。一九九〇年二月に刊行された『蔭桔梗』への授賞は、「推理小説では人間は描けない(だから文学ではない)」という昭和五十年代以前的感覚がまだまだ残存していたとしても、きわめて順当なことであった。

その一九九〇年の七月六日、日本各地を舞台にした新旧ミステリを地方紙に隔週で紹介する連載を持っていた私は、今回は近場で済ませようと半村良『下町探偵局』を取り上げるつもりで両国《りょうごく》に赴《おもむ》き(写真も筆者が撮らなければならなかったので)、昼食に入った蕎麦《そば》屋の新聞で『蔭桔梗』が第百三回直木賞候補に選ばれたと知った。そのときラジオが作家の竹島将《たけしましょう》氏の事故死を報じたのだから、明暗二つのニュースが同時に飛び込んできたわけだ。泡坂氏の直木賞候補は六度目だから特に朗報でもなさそうだが、『蔭桔梗』は第三回山本周五郎《やまもとしゅうごろう》賞にもノミネートされていて、五月十七日に残念な結果がもたらされていたばかりだったので(受賞作は佐々木譲《ささききじょう》『エトロフ発緊急電』)、山本賞に届かなかった作品が直木賞に価するかといった、けちくさい了見に煩《わずら》わされていなかっただけでも喜ばしかった。そして、他の候補作を一覧してみて、『蔭桔梗』で決まりだなと思ったものだ。というのは、たまたま候補作全部を読んでいたからで、その顔触れは高橋義夫《たかはしよしお》『北緯50度に消ゆ』、志水辰夫《しみずたつお》『帰りなん、いざ』、樋口有介《ひぐちゆうすけ》『風少女』、清水義範《しみずよしのり》『虚構市立不条理中学校』である。あのころはよく読んでいたものと我ながら感心すると同時に、候補作のほとんどがミステリ系だったと思い知った。その前後の回はそんなにミステリばかりに占められていたわけでないから、本当にたまたまだったにせよ、文芸界においてミステリが侮《あなど》れなくなっていた時節を象徴していたかのようだ。

めったに予想の当たらない私にとって珍しく、『蔭桔梗』はほぼ満場一致で直木賞受賞作に決定した。山本賞の選考委員では野坂昭如《のさかあきゆき》を除いて、井上《いのうえ》ひさし・田辺聖子《たなべせいこ》・藤沢周平・陳舜臣・平岩弓枝《ひらいわゆみえ》・渡辺淳一《わたなべじゅんいち》、山口瞳《やまぐちひとみ》までもが直木賞と重なっているが（他の直木賞選考委員は五木寛之《いつきひろゆき》・黒岩重吾《くろいわじゅうご》・陳舜臣・平岩弓枝・渡辺淳一）、「僕は今日、『エトロフ発緊急電』か、『蔭桔梗』か、このどちらかだと思って（選考会に）来たんです」（山本賞の選考座談会における野坂昭如発言、『小説新潮』一九九〇年七月号）、「これ、充分、賞を差上げていいんじゃないかと思います」（同じく田辺聖子）、「追随を許さない段階に到達したというか、泡坂さん独自の世界を完成したような気がします」（同じく藤沢周平）、「……（泡坂さんのような）タイプの作家は、ずしんとくるものを百枚ぐらい書いて、これでどうだと言ってくれないと、評価のしようがないんです」（同じく山口瞳）というように、山本賞でも最後まで競ったらしい。

直木賞選考委員の評（『オール讀物』一九九〇年九月号）からも、山本賞と重ならない範囲で拾っておくと、「昭和時代の東京のすばらしい記録になっている」（陳舜臣）、「職人芸とか下町情緒とかを小道具、或《ある》いは背景にして、泡坂さんの描き出した人間達が現代に呼吸しているのが快かった」（平岩弓枝）、「他の候補作との差は、歴然たるものがあった」（五木寛之）といった具合。泡坂贔屓《びいき》の井上ひさしは「（『蔭桔梗』は）名人芸だけに、たまに凡百の読者を置き去りにして独走するところがある」とやや辛く、同じく山口瞳には「忍火《しのび》山恋《やまこい》唄《うた》」に直木賞を贈りそこなったのを埋め合わせる口ぶりも読み取れる。

これら諸大家の評に接する前に私が書いた新刊評も紹介させていただこう。『蔭桔梗』の収録作品には、「著者自身そうである紋章上絵師《もんしょううわえし》をはじめ、職人を主人公にした恋愛小説が多い」けれども、「伏線の張り方やちょっとしたどんでん返しといったテクニックは、ミステリで鍛えられたものにほかならない。長篇のミニチュアのような本格推理短篇、あるいは、どこが始まりで終りなのか分らない純文学などよりも、短篇小説本来の楽しさが見出されるだろう」（『ミステリマガジン』一九九〇年六月号）と述べたものだ。

それらの具体例を収録作に即して指摘するのは、これから本文を読む読者のお楽しみを奪いかねないので控えなければならない。だが本書は直木賞受賞作であること、題名をはじめ初刊本の佇《たたず》まいなどから、ミステリ性の希釈された、泡坂マジックを求める読者には物足らない作品集ではないかと、ファンにも敬遠された虞《おそれ》なしとしない。それではかつて、連城三紀彦が『恋文』以降、恋愛小説に転向してしまったと早計して離反した読者と同じ轍《てつ》を踏むことになる。そのように早計して、本書を見送ってきたとしたら、読者《あなた》はきっと後悔するだろう。

泡坂氏は直木賞以後も多数の短編集を刊行したが、こうした職人もの、恋愛小説で揃えたものは結局、受賞するまでの『ゆきなだれ』『折鶴』『藤桔梗』の三冊にとどまった。そうした傾向の短編を書かなくなったわけではない。想像するに情話的作品集は、いつものミステリ短編集に比べて売れ行きが鈍ったのではないか。本書以降は、情話ものも少しずつ普通のミステリ短編に混ぜ込まれて出版されるようになった。それでも、その種の作品が相当数、生前の短編集には未収録のまま残されたので、『泡坂妻夫引退公演 絡繰篇』（二〇一九年）のかなりなパートを占めたものだ。恋愛小説まで読むのは二の次でいい、などと嘯《うそぶ》いていると、泡坂ワールドの大きな魅力を見落とすことになる。直木賞受賞作であるにも拘わらず本書を見過ごしてはならない理由はそれにほかならない。

初出一覧

「増山雁金」　「小説新潮」一九八八年八月号
「遺影」　「野性時代」一九八九年十月号
「絹針」　「小説新潮」一九八六年四月号
「簪」　「小説新潮」一九八五年十月号
「藤桔梗」　「小説新潮」一九八七年十月号
「弱竹さんの字」　「小説新潮」一九八九年一月増刊号
「十一月五日」　「小説新潮」一九八七年二月号
「竜田川」　「小説すばる」一九八八年八月臨時増刊号
「くれまどう」　「週刊小説」一九八五年十二月二十日号
「色揚げ」　「小説新潮」一九八六年十月号
「校舎惜別」　「小説新潮」一九八九年九月号

『藤桔梗』は一九九〇年、新潮社より刊行されました。なお、本書は一九九三年刊の新潮文庫版を底本としました。

現在からすれば穏当を欠く表現がありますが、著者が他界して久しく、作品内容の時代背景を鑑みて、原文のまま収録しました。

著者紹介　1933年東京生まれ。奇術師として69年に石田天海賞を受賞。75年「DL2号機事件」で幻影城新人賞佳作入選。78年『乱れからくり』で第31回日本推理作家協会賞、88年『折鶴』で第16回泉鏡花文学賞、90年『蔭桔梗』で第103回直木賞を受賞。2009年没。

検印
廃止

蔭桔梗

2023年8月10日　初版

著者　泡《あわ》坂《さか》妻《つま》夫《お》

発行所　(株)東京創元社
代表者　渋谷健太郎

162-0814／東京都新宿区新小川町1-5
電話　03・3268・8231-営業部
03・3268・8204-編集部
URL　http://www.tsogen.co.jp
暁印刷・本間製本

ISBN978-4-488-40228-0　C0193